Inhalt

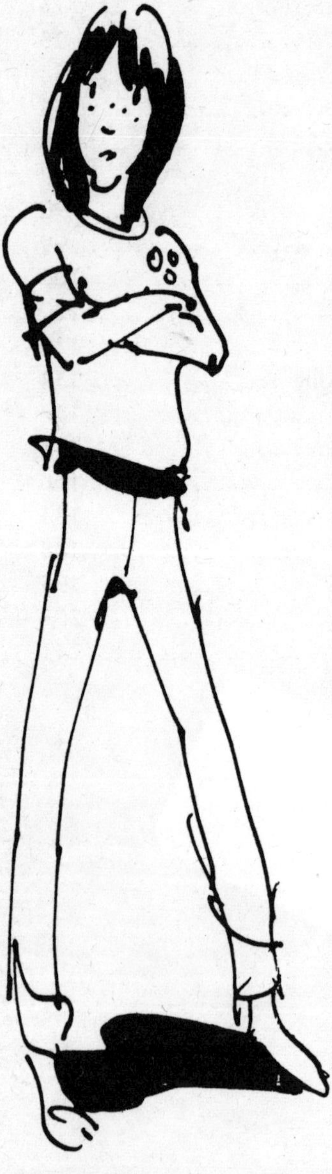

LOCKE

hat diesen Spitznamen, weil sie *keine* Locken hat. Oder besser gesagt: nur ganz, ganz wenige, und das auch erst seit vier Jahren. Dabei war es ihr sehnlichster Wunsch als Kind gewesen, den Kopf voller Locken zu haben. Nina Rehm, wie Locke wirklich heißt, ist noch nicht ganz 15 Jahre alt, geht in die 9. Klasse des Gymnasiums und kurvt mit Vorliebe auf ihrem Mofa durch die Gegend.
Wenn's das Wetter zuläßt, trägt sie dabei einen wagenradgroßen Strohhut. Weiterer Steckbrief: Groß, schlank mit langen Beinen, langes, kastanienbraunes Haar, nußbraune Haut, schmales Gesicht mit dunklen Augen und einem schön geschwungenen Mund. Locke ist ein „Temperamentsbolzen“, sie hat mehr Unternehmungsgeist als zehn Jungens. Eine typische „Macherin“, aber trotzdem durch und durch weiblich. Sie will immer und überall helfen – Menschen und Tieren. Locke lebt mit ihrem Vater Gunter und Bruder Mike zusammen. Ihre Mutter – eine Französin – wurde nach kurzer Ehe geschieden.
Sie wohnt heute in Paris.

TOM
wird nur so genannt, weil er sich über seinen echten Namen grün und blau ärgert. Er heißt nämlich Engelbert, mit Nachnamen Conradi, nach einem Großvater von Mutters Seite so benannt. Aber Tom paßt nun mal besser zu einem athletisch gebauten, großen Jungen, der auch noch perfekt in Karate ist, der waffenlosen japanischen Kampfkunst. Er geht in die 10. Klasse desselben Gymnasiums wie Locke. Alle mögen den blonden Jungen. Und das nicht nur wegen seines offenen, sympathischen Gesichts, sondern weil er – genau wie Locke – ein echter hilfsbereiter Kumpel ist, immer zur Stelle, wenn's um eine gute Tat geht. Er drängt sich selbst nie vor, sondern läßt sich zumeist – und das nur zu gern – von Lockes Unternehmungsgeist mitreißen. Denn er und Locke – naja, die sind nun mal unzertrennlich. Noch ein unverwechselbares Kennzeichen hat der knapp 16-jährige: ein tiefblaues und ein grünes Auge. Tom lebt bei seiner Mutter Helga, einer Tierärztin. Seinen Vater hat er schon vor Jahren verloren.

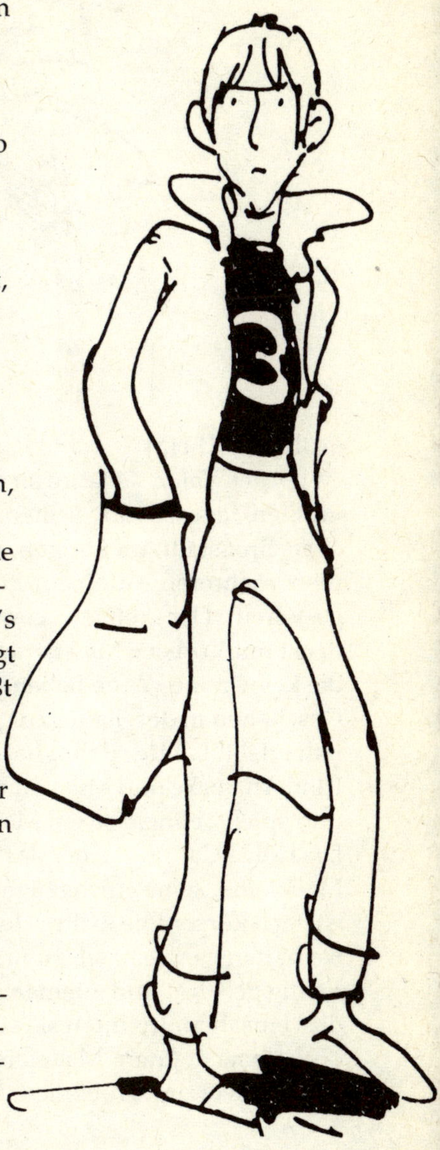

GUNTER REHM
ist Lockes Vater, 44 Jahre alt und Lokalredakteur bei der größten Tageszeitung seiner Heimatstadt, einer ansehnlichen Großstadt, im übrigen, mit Straßenbahn, vielen Buslinien, mehreren Autobahn-Zubringern und einem Bundesliga-Verein. Der großgewachsene, etwas hagere Journalist deckt mit Vorliebe Mißstände auf und gilt deshalb bei allen, die keine reine Weste haben, als unbequem. Er kennt das Geschehen in der Stadt ganz genau, weil er es täglich hautnah erlebt. Gunter Rehm hat ein prima Verhältnis zu seinen Kindern Locke und Mike, malt in seiner Freizeit gern Porträts und spielt Tennis wie ein Meister. Seine liebste Partnerin: Dr. Helga Conradi. Aber das nicht nur auf dem Tennisplatz. Madeleine, seine einstige Frau, Lockes und Mikes Mutter, ist nach kurzer Ehe in ihre Heimat Frankreich zurückgekehrt. Sie hatten ganz einfach zu jung geheiratet, ohne sich so richtig gekannt und zueinander gepaßt zu haben. Als sie dies einsahen, trennten sie sich, aber sie waren einander deshalb nicht gram. Madeleine, die eher ein unabhängiges Leben bevorzugte, überließ die Kinder ihrem Mann.

MIKE
könnte die Mädchen reihenweise um den Finger wikkeln, wenn er wollte, und tatsächlich hat der Sonnyboy auch mehr als eine Freundin. Er heißt Michael Rehm, ist 19, Lockes großer Bruder, und er geht in die Abiturklasse. Nebenher schreibt er als freier Mitarbeiter für die lokale Tageszeitung. Vater Gunter Rehm ist sein großes Vorbild. Hobby: Fußballspielen, und zwar als Libero beim FC Eintracht. Der gutaussehende, breitschultrige Frauentyp Mike hat die braunen Haare und grünen Augen seiner fast schon vergessenen französischen Mutter. Mit Charme und spitzbübischem Lächeln kann er jeden Gegner entwaffnen, aber auch durch mitunter erstaunliche Beharrlichkeit (manche behaupten freilich, Mike habe einen Dickschädel) zur Verzweiflung bringen. Mike ist alt genug, um zu verstehen, daß weder Vater noch Mutter am Scheitern ihrer ebenso kurzen wie unüberlegten Ehe schuld waren.

DR. HELGA CONRADI
ist Toms Mutter, von Beruf Tierärztin – bei ihren vierbeinigen Patienten und deren Frauchen beliebt, von den Herrchen bewundert und verehrt. Ist auch kein Wunder, denn Helga sieht mit ihren 42 Jahren höchstens wie eine Dreißigerin aus: Blaue Augen, lange goldblonde Haare, schmales, ebenmäßiges Gesicht. Wirklich eine sehr attraktive Frau, und dazu auch noch überaus sportlich, was ihre schlanke Figur bestätigt. Beim Tennis gewinnt sie ab und zu sogar gegen Gunter Rehm einen Satz. Ihr Mann ist an einem heimtückischen Leiden gestorben, als Helga noch keine 30 war. Tom kann sich kaum an seinen Vater erinnern. Der Dritte in ihrer Familie ist der treue Nicki, eine ebenso lustige wie wachsame Mischung aus Boxer und Wolfshund.

OMA

wird Elisabeth Rehm von allen genannt. Sie ist 72 Jahre alt, Gunter Rehms Mutter, und sie lebt allein in einem hübschen, verwinkelten Häuschen im Grünen, mit einem großen Garten und geradezu riesenhaften Sonnenblumen. Birkenrode heißt Omas Wohnort. Er liegt ein bißchen außerhalb der Stadt, aber nah genug, damit es für Locke und Tom zu häufigen Besuchen reicht. Und darauf freut Oma Rehm sich natürlich. Nicht nur, weil sie ihre Enkelin und deren Freund gern mag, sondern natürlich auch ein wenig deshalb, weil die beiden jungen Leute ihr stets helfend beistehen. Ihr Mann, ein Lehrer, ist vor zwei Jahren gestorben. Jetzt ist „Frau Holle" die Gesellschafterin der liebenswerten weißhaarigen Dame, eine ebenso betagte Katzenmutter, die Elisabeth Rehms alte Tage getreulich teilt.

Stefan Wolf

Locke und Tom greifen ein

Hundejäger töten leise
Terror durch den heißen Draht
Giftalarm am Rosenweg
Die Fußball-Oma darf nicht sterben
Flammen um Mitternacht
Überfall nach Ladenschluß
Der Mann mit den tausend Gesichtern
Aufruhr in der Unterwelt
Die Nacht am schwarzen Grab
Der Feind aus dem Dunkeln
Die Bande des Schreckens
Straßenräuber unter Palmen

1. Ein grausiger Irrtum

Nebel lag über der Stadt. Der Novemberabend zeigte sich von seiner schlechtesten Seite. Dort, wo die Rehms wohnen, reichte die Sicht kaum bis zur Nasenspitze.

Deshalb fuhr Locke im Schneckentempo. Sie war auf dem Heimweg und wünschte, ihr Mofa wäre rundum verglast. Stattdessen schien der Wind von allen Seiten zu kommen, und der Scheinwerfer tropfte nur einen mageren Lichtklecks auf die Fahrbahn.

Himmel, wie ich friere! dachte sie. Bin ich nun abgehärtet oder nicht? Sie beschloß, die Antwort zu vertagen. Wenn sie in ihrem gemütlichen Zimmer saß oder in der Badewanne, ließ sich die Wahrheit leichter ermitteln.

Das Mofa schnurrte. Sie fuhr dicht am Bordstein. Die Innenstadt lag hinter ihr. Im Rehmschen Wohnviertel, wo Gärten die Umwelt verschönern, fehlten Geschäfte und damit die erleuchteten Schaufenster. Laternen und das Licht aus den Häusern – heute abend konnte man's vergessen. Ein wirklich dunkler Abend.

Schaurig! dachte sie.

Ab und zu tauchten Fußgänger aus dem Nebel auf. Wie Gespenster.

Um einen Lidschlag – und Locke wäre an ihrem Zuhause vorbeigefahren.

Im letzten Moment erkannte sie die geöffnete Einfahrt. Sie schwenkte nach rechts und rollerte über den Fußweg. Schrill quietschte ihre Bremse. Das Mofa stand, und sie stützte einen Fuß auf den Boden.

War das aber knapp gewesen! Beinahe hätte sie die Gestalt über den Haufen gefahren. Kruzitürken auch! Warum stand der Kerl – ja, es war ein Mann – dort wie festgewachsen, vermummt bis an die Pupille und jetzt vor Schreck ohne Worte.

„Entschuldigung!" rief sie. „Ich dachte, Sie wären ein Nebelschweif. Aber es ist ja nochmal gut gegangen."

Er rührte sich nicht. Versteinert? Zur Salzsäule erstarrt?

Bis dem einfällt, Platz zu machen, dachte sie, kann ich nicht warten. Himmel, hab ich einen Japs auf heiße Milch und reife Bananen! Ob Mike schon zu Hause ist? Gunter bestimmt nicht. Aber Mausi braucht Futter, und ich muß aus den Stiefeln.

Sie ließ ihren Motor aufheulen, kurvte um den Salzsäulen-Menschen herum und durchs Gartentor zur Garage. Die war geschlossen.

Locke knipste ihr Mofa aus, stieg ab und lehnte sich an die Mülltonne, damit sie beide Hände frei hatte. Manchmal klemmte das Garagentor. Eigentlich hätte sie drei Hände benötigt, oder wenigstens eine mit Toms Kraft.

Als sie sich zum Griff bückte, knirschte hinter ihr Sand.

Sie richtete sich auf. Zum Umdrehen reichte es nicht mehr.

Ein Arm umschlang sie hinterrücks – kein Arm, eine eiserne Zwinge. Gleichzeitig wurde ihr ein feuchter Lappen auf Mund und Nase gepreßt.

Ist der wahnsinnig! schoß es ihr durch den Kopf. Habe ihn doch gar nicht angefahren und...

Eisiger Schreck lähmte Gedanken und Arme. Dann wehrte sie sich, versuchte, die Hand samt Lappen von ihrem Gesicht zu zerren, stieß mit dem Fuß hinter sich und traf auch ein Schienbein. Aber die Wirkung war null.

Aus dem Lappen quoll beißender, chemischer Geruch. Äther? Chloroform?

Der...der will mich betäuben...

Feurige Räder tanzten vor ihren Augen. Ein Berg schien auf ihre Brust zu drücken. Ein schwarzer Abgrund öffnete sich vor ihr. Kopfüber stürzte sie hinein, fiel, fiel, fiel – und alles erlosch.

Der Mann keuchte. Er spürte, wie Locke schlaff wurde. Nur sein Arm hielt sie aufrecht.

Vorsichtig nahm er den Lappen von ihrem Gesicht. Verstellte sie sich? Nein, sie war bewußtlos. Und das würde anhalten, bis er mit ihr im Verlies war.

Er sah sich um. Nur Nebel, Dunkelheit und Stille. Na also, die Witterung steckte mit ihm unter einer Decke.

Er ließ den Lappen fallen, packte mit beiden Händen zu und hievte sich die Bewußtlose auf die Schulter.

Ein Wagen fuhr die Straße entlang, langsam, die Scheinwerfer brannten, aber der Nebel ließ keine Strahlen zu.

Der Mann rannte los. Er merkte nicht, daß Locke ihren Hut verlor – einen burgunderroten Filz mit enorm schlapper Krempe, Modell Räuberhauptmann. Der Hut fiel auf den Asphaltboden der Einfahrt. Auch wenn der Mann das bemerkt hätte, wäre es ihm egal gewesen.

Sein Kombi parkte am Ende der Straße. Niemand beobachtete ihn, als er Locke auf die Ladefläche schob. Er warf eine Wolldecke über sie, klemmte sich hinters Lenkrad und fuhr los: stadtauswärts.

Nach fünf Querstraßen bog er ab. Große Grundstücke säumten die Birken-Allee, eine ehemals vornehme Gegend mit alten Villen und schmiedeeisernen Zäunen. Der Zahn der Zeit nagte an allem, biß manchmal auch kräftig zu. Es kostete enormes Geld, die alten Häuser instand zu halten. Nicht jeder Eigentümer hatte soviel. Eine der Villen, Nr. 17, sollte verkauft werden.

Es war ein herrschaftliches Zwölf-Zimmer-Gemäuer mit spitzen Giebeln, vier Türmchen und hohen Fenstern. Das Haus stand leer, war aber gefüllt mit Möbeln aus der Zeit seiner Erbauung. Der Eigentümer war verstorben. Seine Erben wollten das Haus nicht. Nun wartete es auf einen neuen Besitzer. Es barg eine Besonderheit: einen atombomben-sicheren Keller. Hatte doch der Hausherr ständig in Angst gelebt – vor einem Atomkrieg und dem damit verbundenen Weltuntergang.

Lockes Entführer parkte vor dem Gittertor. Die Scheinwerfer erloschen. Er schaltete den Motor aus und beugte sich nach hinten.

Locke war noch bewußtlos.

Er nahm sie wieder auf die Schulter und betrat das Grundstück. Das Gittertor klirrte. Buchen und Eichen wuchsen im Garten. Er verwilderte. An der Mauer kletterte wilder Wein hinauf bis zu den Fenstern im Obergeschoß.

Hinterm Haus führten zehn Stufen zur Kellertür hinab. Der Mann schloß auf, ohne Licht zu machen. Dumpf fiel die Tür zu. Erst jetzt knipste er Licht an.

Der Kellergang roch feucht. Am Ende war der H-Bombenkeller. Eine schwere Tür aus Stahl und Beton führte hinein.

Der Mann schwitzte unter seiner Parka-Kapuze. Mit einer Hand öffnete er den Reißverschluß und lockerte den Wollschal. Wie ein Bündel Lumpen ließ er Locke auf das Feldbett fallen.

Sie lag etwas verdreht. Ihr Gesicht war blaß. Die dunkle Mähne breitete sich aus, umfloß ihren Kopf. Die Lider zitterten, die Nasenflügel zuckten.

Es war der Anblick eines entzückenden, 14jährigen Mädchens, das schlacksig in roten Cordjeans, Stiefeln, selbstgestricktem Pullover und flaschengrünem Poncho steckte.

Aber das sah der Mann nicht. Sein Gesicht war eine Grimasse des Hasses. Er hatte Locke hierher gebracht, um sie zu töten.

*

Seit einer Minute hielt Gottfried Fischer den Atem an.

Er stand oben an der Kellertreppe und wagte sich weder vor noch zurück. Der Boden war aus Holzdielen. Sie knarrten. Auch der Parkettboden überall im Haus knarrte.

Fischer starrte in die Dunkelheit. Seine Ohren waren auf Empfang gestellt. Aber die Geräusche im Keller verrieten nicht viel. Fischer schnupperte. Die alte Bude roch nach Plüsch und betagten Möbeln. Er hatte Kunstschätze vermutet. Deshalb war er hier eingebrochen.

Auf der Westseite war er über die Veranda hinaufgeklettert und hatte im Obergeschoß eine Scheibe geknackt. Im Schein seiner abgeblendeten Taschenlampe wollte er sich umsehen. Doch mit jedem Zimmer, das er untersuchte, wuchs seine Enttäuschung. Sicherlich – alte Möbel gab's hier zuhauf. Aber was nützte das? Nicht danach lechzte sein Einbrecherherz.

Hätte ich mir denken können, dachte er. Schließlich ist die Hütte unbewohnt.

Als er in den Keller hinabsteigen wollte, hörte er, daß jemand kam. Ein Kollege? Von wegen! Wer auch immer da unten war – er hatte den Schlüssel zur Kellertür. Außerdem benahm er sich ungeniert, und er schleppte eine Last. Jedenfalls schnaufte er hörbar, schlurfte die Schritte und hatte eben – nach dem Öffnen einer schweren Tür – seine Last abgelegt. Auf ein Bett? Stahlfedern quietschten. Jetzt ertönte heiseres Husten.

Fischer war 34 Jahre alt, gewissenlos und tückisch. Ihm grauste vor keiner Schlechtigkeit, und er war ziemlich frei von Angst.

Jetzt will ich's wissen, dachte er, wer da ist! Was da los ist! Werde ich entdeckt, haue ich ihn in Stücke.

Vorsichtig setzte er den Fuß auf die oberste Stufe. Eine Steinstufe. Sie knarrte nicht. Na also!

Er schlich die Treppe hinunter. Als er um die Ecke spähte, sah er den H-Bombenkeller.

Er begriff nicht sofort, was das war. Aber es dämmerte ihm, je länger er hinstarrte – auf die Stahlbetonmauern und die gewaltige, jetzt geöffnete Tür.

Grelles Licht füllte den Raum. Im Hintergrund war eine chemische Toilette, auf der anderen Seite ein Regal, auf dem eine Handvoll Konservenbüchsen standen und fünf Flaschen Mineralwasser. Vor dem Regal ein grauer Metalkoffer. Fluggepäck.

Von dem, der gekommen war, sah Fischer noch nichts. Aber er wagte sich weiter vor, und dann reichte sein Blick in die andere Hälfte des Raumes.

Ein hübschen Mädchen lag auf dem Feldbett. Sie schlief.

Oder war sie bewußtlos? Vor ihr stand ein großer Kerl, bekleidet mit Jeans, Wanderschuhen und Parka. Er wandte Fischer den Rücken zu, hatte fahlblondes Haar und rosige Ohren. Er starrte auf das Mädchen.

In diesem Moment regte sie sich.

*

Lockes Bewußtsein kehrte zurück. Licht drang durch ihre Lider. Übelkeit stieg aus dem Magen in den Hals: ein schrecklicher Brechreiz. Hinter der Stirn schien ein Preßluftbohrer zu arbeiten.

Sie stöhnte und bewegte den Kopf. Schlagartig war die Erinnerung da. Der Überfall! Der Lappen mit dem betäubenden Geruch! Der Mann hatte auf sie gelauert. Vor dem Haus.

Hätte ich ihn doch angefahren – überfahren! – in den Boden gestampft! O Gott! Wo bin ich hier?

Sie lag still, wagte nicht, die Augen zu öffnen.

„Wirst du endlich munter?" fragte eine heisere Männerstimme.

Es hatte keinen Zweck, sich zu verstellen. Locke öffnete die Augen, blinzelte, schloß die Lider und versuchte es dann abermals.

Wie ein Berg wuchs der Kerl vor ihr empor. Sie sah in ein breites, fleischiges Gesicht. Er hatte rosigen Teint wie ein Marzipanschwein. Die kurze, knollige Nase war nach oben gestülpt. Locke konnte in die Nasenlöcher sehen. Aus ihrer Sicht erschienen sie riesenhaft. Haß verzerrte den Mund.

Locke senkte die Lider. Dieser Haß! Angst überfiel sie. Was...will der von mir? Wer ist dieser Kerl?

Sie zwang sich, ihn anzusehen. Dabei richtete sie sich auf. Sofort stieß er ihr die Hand gegen die Schulter. Locke fiel aufs Feldbett zurück.

„Du rührst dich nicht, verstanden? Du bleibst liegen, Nina Rehm."

Der Schreck verdunkelte ihre Glutaugen. „Was wollen Sie?

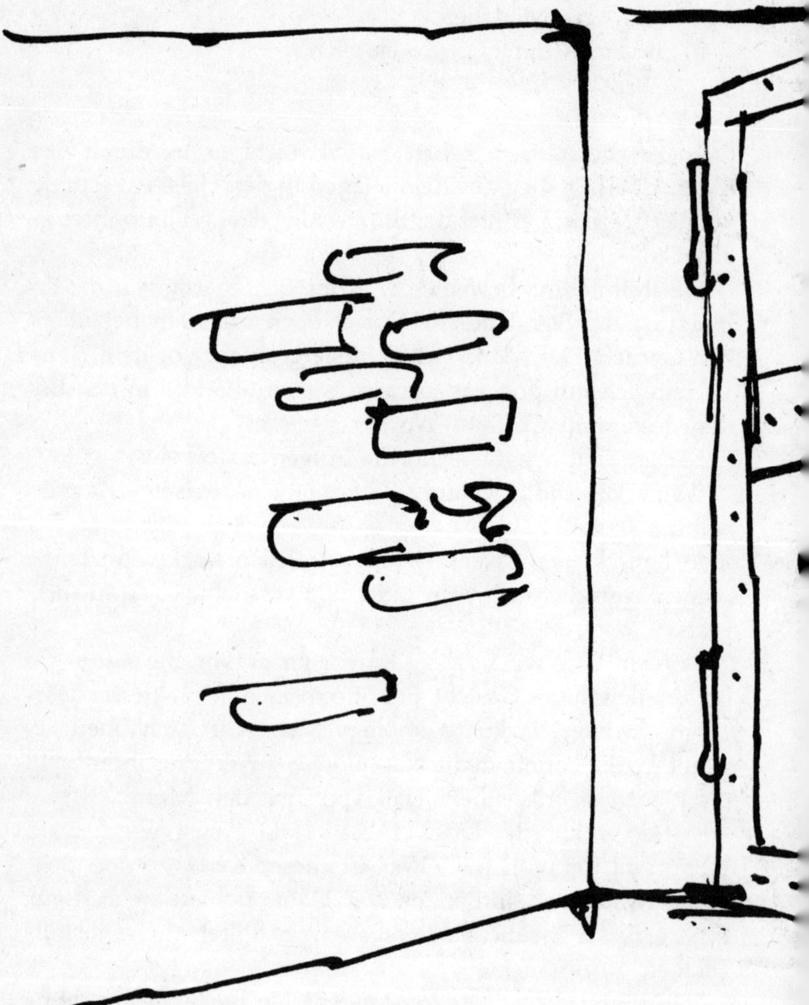

Wer sind Sie? Ich habe Ihnen nichts getan! Sie haben mich überfallen und betäubt und hierher verschleppt..." Ihr Blick wanderte. „Was ist denn das? Wo bin ich?"

Er hatte blaßblaue Augen. Sie waren kälter als Eis.

Jetzt zog er die Lippen breit. Hieß das, er grinste?

„Wo wir hier sind?" sagte er. „In einer Villa, die zur Zeit leersteht. Ich soll sie verkaufen. Ich bin Immobilien-Makler, wie du vielleicht weißt. Aber vorläufig steht dieses Objekt auf Eis. Weil ich es für dich benötige, Nina Rehm. Das hier ist ein H-Bombenkeller. Unverwüstlich und schalldicht. Dein Verlies. Du kannst dir die Lunge aus dem Hals schreien – kein Mensch wird dich hören. Und niemand kommt hierher."

„Wollen Sie mich... einsperren?"

„Du hast es erraten. Und deine Chance, lebend hier rauszukommen, steht eins zu 997."

„Was? Ich verstehe nicht. Was habe ich Ihnen getan?"

„Du hast mir nichts getan. Trotzdem bist du das Opfer. Es ist mein Mittel, um deinen Vater zu treffen."

„Was? Sind Sie übergeschnappt? Was haben Sie gegen meinen Vater? Hat er Sie gekränkt? Ist er Ihnen zu nahe getreten? Teilen Sie seine politische Meinung nicht? Und deshalb soll ich hier verschmachten? Sie ticken ja nicht richtig, Sie Gehirnschwächling. Sowas wie Sie sollte man einsperren und..."

„Wenn du frech wirst", brüllte er, „kriegst du was hinter die Löffel. Du bist derselbe Dreck wie dein Vater, du..."

„Ich lasse es nicht zu, daß Sie meinen Papi beleidigen", schrie sie. „Bilden Sie sich das nicht ein, nur weil Sie mich in der Gewalt haben, Sie..."

Leider hatte sie recht damit, und er zeigte es ihr. Sie war in seiner Gewalt.

Im Regal lagen Stoffservietten. Er riß eine an sich. Als Knebel stopfte er sie Locke in den Mund. Sie wehrte sich und kratzte, kam aber nicht gegen ihn an. Er warf sie herum und drückte ihr Gesicht auf die Matratze. Mit einem Tuch band er ihr die Hände zusammen.

„Das hast du davon", keuchte er und ließ von ihr ab. „Und jetzt hör genau zu, denn ich erkläre alles nur einmal."

Sie lag auf der Seite. Ihr Rücken schmerzte. Sie kämpfte an gegen Tränen. Beinahe hätte er ihr die Arme gebrochen. Sie versuchte, den Knebel mit der Zunge aus dem Mund zu stoßen. Aber das gelang nicht.

Ihr Peiniger machte zwei Schritte, bis sein Knie einen Koffer berührte. Erst jetzt bemerkte sie den.

Er war von kleinem Format, ein Wochenendkoffer aus Metall und mit dreistelligem Zahlenschloß unterm Griff.

„Wenn ich jetzt gehe, Nina Rehm, schließe ich dich ein. Du siehst die Tür. Stahl und Beton. Was die Strahlen einer H-Bombe abweist, läßt auch dich nicht durch. Und dann beginnt dein Glücksspiel."

Er grinste. Tatsächlich, jetzt grinste er.

„Den einen Schlüssel", fuhr er fort, „hänge ich draußen neben der Tür an die Wand. Der zweite Schlüssel befindet sich in diesem Koffer. Er ist verschlossen. Es liegt an dir, das Zahlenschloß zu knacken. Die Dreier-Kombination reicht von 000 bis 999. Alles durchzuprobieren – ich habe es in einer halben Stunde geschafft. Vielleicht hast du Glück. Eine bestimmte Kombination öffnet den Koffer. Vielleicht findest du sie. Aber es gibt noch eine andere. Wenn du sie einstellst und versuchst, den Deckel zu heben – explodiert die Bombe, die im Koffer ist. Der Sprengstoff reicht, um das Haus in die Luft zu jagen. Naja, du bist in einem H-Bombenkeller. Aber zumindest hier drin sähe es dann wüst aus. Bin gespannt, ob du's schaffst. Das Schicksal soll entscheiden, hahahah! Ich jedenfalls kümmere mich nicht mehr um dich. Du hast also eine Chance. Ist das nicht großzügig von mir?"

Locke glaubte zu sterben. Ihr Blut wurde zu Eis. Ein Wahnsinniger! Warum – um Gottes willen! – tat er das? Nie – das wußte sie – würde sie den Mut finden, den Koffer zu öffnen.

Als hätten ihre Gedanken sich übertragen, setzte er zur Erklärung an.

„Du scheinst nicht zu wissen, wer ich bin, Nina Rehm. Ich heiße Otto Willek."

Er glotzte erwartungsvoll. Antworten konnte sie nicht, aber Verständnislosigkeit malte sich auf ihre Züge. Sie hatte den Namen nie gehört.

„Sagt dir wohl nichts", knurrte er. „Dann muß ich deiner Erinnerung nachhelfen. Ich bin der Mann, dessen Familie von deinem Vater ausgelöscht wurde. Ja, ich war in Amerika – machte Grundstücksgeschäfte in Florida – , als es passierte. Ein Verkehrsunfall. Angeblich ist meine Frau zu schnell gefahren – und hat die Vorfahrt mißachtet. Das ergab die polizeiliche Ermittlung. Ich weiß es besser. Meine Frau ist nie schnell gefahren – und war immer vorsichtig. Besonders, wenn meine Tochter sich im Wagen befand. Jetzt sind beide tot. Dein Vater ist schuld. Aber ihm wurde keine Schuld gegeben. Weil er Beziehungen hat, nicht wahr? Er ist nicht mal zu mir gekommen, der Mistkerl, um sein Beileid auszusprechen. Ich habe ihn nie gesehen. Das hielt er nicht für nötig. Ich kenne nur seinen Namen. Nicht mal geschrieben hat er mir. Ihn trifft ja keine Schuld – nein, nein! So ein Dreckskerl spuckt in die Hände, und die Sache ist für ihn erledigt. Aber nicht für mich. Jetzt soll er leiden, wie ich leide. Ich habe eure Adresse ermittelt und eure Gewohnheiten. Und jetzt habe ich dich hier. Daß dein Leben verwirkt ist, verdankst du deinem Vater. Denk daran in deiner letzten Minute."

Sie begann, mit den Beinen zu schlagen. Erstickte Laute drangen durch den Knebel. Entsetzen weitete ihre Augen. Sie bäumte sich auf.

Nein! wollte sie schreien. Irrtum! Ein grauenvoller Irrtum! Ich weiß von dem Fall. Von dem tragischen Unglück. Eine Frau und ein Mädchen starben im brennenden Wagen. Aber nicht mein Vater hat den Unfall verschuldet. Der Mann, den Sie hassen, heißt Günther Rehm! Güüüüünther – nicht Gunter! Mit uns ist er weder verwandt noch bekannt. Das heißt, doch...Papi kennt ihn. Allerdings nur flüchtig, weil er nichts von ihm hält. Denn auch Günther Rehm ist Journalist. Ein freiberuflicher, der mal für diesen, mal für jenen Verlag arbeitet. O verdammt! Deshalb! Der ähnliche Name, der gleiche Beruf. Deshalb die Verwechslung! Willek, Sie irren sich! Hören Sie auf! Binden Sie mich los!

Sie krächzte durch den Knebel, wimmerte und stöhnte. Verständlich machen konnte sie sich nicht.

Willek schob ihr den Koffer hin.

„Deine Handfessel, Nina Rehm, ist nicht sehr eng. Du wirst sie abstreifen können."

Als er sich zur Tür wandte, schwang sie die Beine vom Bett. Sie versuchte, sich aufzurichten, war aber noch zu schwach. Die Knie knickten ein. Sie stürzte auf den Boden.

Willek schloß die Tür. Mit leisem Fauchen fügte sie sich fugenlos in den Stahlrahmen. Ein metallisches Geräusch – dann war Stille um Locke. Sie hörte nur, wie ihr Herz gegen die Rippen hämmerte.

Aus! dachte sie. Ein Wahnsinniger. Ein Irrtum. Eine idiotische Verkettung der Umstände. Und ich werde hier umkommen. Es ist aus. Kann Papi mich hier finden – Mike oder Tom? Wie denn? Sie wissen doch von nichts.

2. Verletzter Stolz

Ein bleicher Novembermond beschien die Südküste Spaniens. Das Meer lag ruhig. Kein Wind kräuselte das Wasser. Weit draußen – vom Horizont her – winkten die Positionslichter einer Jacht, die unterwegs war von Gibraltar ins östliche Mittelmeer.

In Marbella, dem schicken Küstenort, ging's wie in jeder Nacht heiß her. Betrieb in den Discos, Betrieb in den Flamenco-Lokalen, Betrieb unter freiem Himmel – und auch im Spiel-Casino Andalucia Plaza.

Gerade eben verlor der Amerikaner Ray Cohen sein letztes Geld beim Roulette.

Mit unbewegtem Gesicht machte er seinen Platz am Tisch frei. Für einen der vielen millionenschweren Araber, die hier Nacht für Nacht Hunderttausende verspielten. Was für sie nur ein Trinkgeld ist, denn im Wüstensand sprudeln die Ölquellen und fördern den wichtigsten Rohstoff für die Industrie-Nationen der westlichen Welt.

Cohen war ein blonder Kerl mit zuviel Narben im Gesicht. Eine Narbe, die nie richtig verheilt war, spaltete den linken Mundwinkel. Trotz schnieker Klamotten sah er aus wie ein Gangster. Aber er war so schlimm wie drei – so schlimm wie eine Bande – und spezialisiert auf Straßenraub. Das konnte er aus dem Effeff.

Er zündete sich eine Zigarette an und schlenderte zur Bar. Sein Geld reichte noch für einen Whisky. Er genoß ihn und dachte über seine Lage nach. Sie beunruhigte ihn nicht.

Hier in Marbella lag zwar kein Geld auf der Straße, aber es steckte in den Taschen gutbetuchter Touristen aus aller Welt. Vor allem in denen der Ölscheichs, die das ganze Umland aufgekauft hatten, an den Hängen des Gebirges – der Sierra blanca – ihre Privatpaläste errichteten und die Vorzüge des Nobelortes beanspruchten. Fast sämtliche Oberhäupter arabischer Staaten versammelten sich zur Zeit hier. Wegen der Annehmlichkeiten, die an Spaniens Südküste beträchtlicher sind als zu Hause im Wüstensand und unter Kamelen.

Ich muß in die richtige Tasche greifen, dachte Cohen. Dann bin ich wieder flüssig.

Was Straßenraub betraf, hatte er langjährige Erfahrung. In New York wurde er deshalb steckbrieflich gesucht. Außerdem in Boston, Portland, Philadelphia, Atlantic City, New Bedford, Baltimore, Harrisburg, Richmond und Buffalo.

Er verließ das Casino. Laue Nacht empfing ihn. Es war nicht mehr so heiß wie im Hochsommer, aber für europäische Verhältnisse durchaus warm.

Er stieg in seinen Leihwagen, ein klappriges Vehikel mit bedenklichen Bremsen. Über die Carretera de Cádiz *(Küstenstraße)* fuhr er zum Luxushotel PUENTE ROMANO.

Dort wohnte er. Über die Rechnung machte er sich noch keine Gedanken.

Das Gelände des Hotels erstreckt sich von der Küstenstraße bis hinunter zum Strand, wo der hoteleigene Sand fast weiß ist: wie Party-Zucker. Apartments *(Einzelzimmer mit Zubehör)* umschließen einen paradiesischen Park.

Straßenseitig, wo die Restaurants und Bars liegen, herrschte um diese Zeit Hochbetrieb. Vor allem im Nachtclub REGINE'S. Auch der gehört zum Hotel.

Zwischen maurischen Mauern führt eine Treppe zum Vergnügungstempel hinunter.

Cohen hatte wenig Hoffnung, hier ein Opfer zu finden. Wie er beobachtet hatte, waren die Besucher fast immer in Gruppen. Aber jetzt hörte er die Schritte eines einzelnen.

Sofort drückte er sich in die Dunkelheit eines Mauervorsprungs.

Drüben, entlang der Straße, ragten die breiten Fächer der Palmen auf. Kakteen-Gewächse, mannshoch und üppig, schirmten zur Fahrbahn hin ab. Dort zischten Wagen in beide Richtungen. Aber kein Scheinwerferstrahl glitt hierher zum Eingang der Disco.

Ein Mann stieg die Treppe herauf. Er war über mittelgroß und bewegte sich geschmeidig. Weißer Anzug. Ledersohlen hallten. Ein Araber war das nicht. Schade! Hatten doch die Wüstensöhne meistens die dickere Brieftasche.

Als der Mann an ihm vorbei ging, glitt Cohen aus dem Versteck.

Mit einem Karateschlag ins Genick streckte er sein Opfer zu Boden.

Der Mann fiel nach vorn. Platsch! Aber er landete mehr auf der Schulter als auf dem Gesicht. Dann rollte er zur Seite und blieb liegen. Bewußtlos.

Cohen hockte sich und griff in seine Brusttaschen. In einer steckte ein Bündel Geld, die andere war leer. In einer Hosentasche fand er ein Feuerzeug und den Zimmerschlüssel. Auch ein Gast des PUENTE ROMANO. Na schön, dann traf's keinen Armen. Sicherlich hatte der Typ Knete genug.

Zum Schluß zog Cohen ihm die Uhr vom Handgelenk. Sie war enorm groß, geradezu klotzig und schwer.

Und jetzt Abstand gewinnen!

Cohen richtete sich auf. Er war zufrieden. Sein Opfer rührte sich nicht. Der Kopf lag im Schatten. Die Leuchtreklame reichte nicht bis hierher. Palmen sorgten für Dunkelheit. Deshalb bemerkte Cohen nicht, daß der Mann in diesem Moment die Augen öffnete.

Cohen wandte sich ab. Während er los hastete, steckte er die Beute ein. Zack, um die Ecke und den dunklen Vorplatz entlang bis zur nächsten Ecke. Hier war der Hotel-Eingang, und die Nobelherberge hatte nicht mit Beleuchtung gespart.

Cohen ging langsam vorbei, zum Aufgang zu seinem Apartment – denn die Zimmer und Suiten *(Zimmerflucht)* für über 600 Gäste haben alle ihren eigenen Auf- und Eingang.

Cohen wohnte in A 34.

Er versäumte es, sich umzudrehen. Sonst hätte er festgestellt, daß sein Opfer hart im Nehmen und deshalb schon wieder auf den Beinen war.

Ferdinand Lappmann, von Freunden Lappe genannt, war aus Deutschland angereist. Nicht zum Zwecke der Erholung, sondern mit ähnlichen Absichten wie Cohen. Und ausgerechnet ihm, dem berüchtigten Lappe, mußte das jetzt passieren!

Er stand hinter der Hausecke. Schmerzen bohrten in Hinterkopf und Genick. Am schlimmsten aber war sein Stolz verletzt.

Mit zusammengebissenen Zähnen beobachtete er, wie der Straßenräuber in A 34 verschwand.

*

In seinem Apartment schaltete Cohen die Klimaanlage ein. Er warf einen Blick in den Spiegel und grinste sich an.

„Das ist wiedermal gelaufen, alter Junge", knurrte er. „Bist immer noch der Schnellste und Schlauste."

Er holte die Whiskyflasche aus dem Kühlschrank und goß sich etwa dreieinhalb Mundfüllungen ins Glas. Dann leerte er seine Taschen.

Das Geldbündel! Er zählte. Hmhm! Immerhin 100 000 Peseten *(1800,-DM)*. Kein Vermögen. Aber besser als nichts.

Als er die Uhr genauer betrachtete, weiteten sich seine Augen. Das klotzige Ding war keine Uhr, sondern – eine Kamera.

Er hatte eine ähnliche schon mal in der Hand gehabt. Das war in New York gewesen – auf einer Ausstellung. Getarnte Kameras hatte man damals gezeigt: Handwerkszeug für Reporter, die Verbotenes ablichten, und natürlich für Spione aller Art.

War der Typ ein Spion?

Cohen schraubte das Gehäuse auf und pfiff durch die Zähne.

Die kleine Filmpatrone war belichtet und abgespult.

*

In seinem Apartment auf der anderen Seite des tropischen Parks hielt Ferdinand ‚Lappe' Lappmann den Kopf unter kaltes

Wasser. Allmählich ließ der Schmerz nach. Aber was knirschte da so? Plötzlich wurde ihm bewußt, daß er die Zähne aufeinanderrieb. Na schön, seine Wut hätte für fünf Tobsüchtige gereicht. Trotzdem bewahrte er kühles Blut. Das gehörte zu seinen Grundsätzen.

Mit dem Handtuch rieb er sich die Haare trocken. Er war 34 und sah auch so aus, hatte ein längliches Gesicht mit noch längerem Unterkiefer und glatte Haut. Er verzog selten eine Miene, was ihm einen Ausdruck von bestürzender Kälte gab. Das täuschte keinswegs. Das dunkle Haar war etwas gelockt.

Er trat in den Küchenraum, der zu jedem Apartment gehört. Hier stand auch der Safe. In dem hatte er sein Geld, den Reisepaß und das dünne Notizbuch verwahrt.

Das Notizbuch enthielt Namen, Adressen, Telefonnummern. Aber kein gewöhnlich Sterblicher war darunter. Lappe interessierte sich nur für Prominente *(maßgebliche Persönlichkeit)* aus Politik, Wirtschaft, Schaugeschäft und Gesellschaft – für Mitmenschen also, bei denen Erpressung sich lohnt. Und deren Lebenslauf auch – bei genauer Betrachtung – genügend dunkle Punkte aufweist.

Lappmann setzte sich in den andalusischen Korbsessel und griff zum Telefon. Er wählte 2153. Der Nachtclub REGINE'S meldete sich, vertreten durch eine perlende Frauenstimme. Die Tussi sprach englisch, und sie erwartete offenbar, daß ein Gast einen Tisch bestellte.

„Scheich Dschellaba, bitte", sagte Lappmann auf englisch. „Nicht seinen Sekretär, nicht seinen Leibwächter, nicht irgendwen, keinen aus seinem Gefolge. Sondern ihn selbst! Begriffen? Lassen Sie sich nicht abwimmeln, Süße. Sagen Sie ihm, es ist wichtig. Es geht um seinen Seelenfrieden – falls er weiß, was das ist."

Sie gluckste. Etwas klirrte. Es klang, als stoße ein Champagnerglas gegen ihre Zähne. Sicherlich versüßte sie sich den kräftezehrenden Disco-Dienst.

„Ich will sehen, was ich tun kann, Sir", versprach sie.

Lappmann wartete. Seine grauen Augen waren kalt wie Granit.

A 34! dachte er. Noch weiß ich nicht, wie du heißt. Aber du wirst dich wundern! Niemand beraubt mich ungestraft. Niemand vergreift sich an Ferdinand ‚Lappe' Lappmann. Für den Hieb auf meinen Nacken kriegst du viele zurück. Das verspreche ich dir, Straßenräuber!

Es dauerte. Er fing schon an, sauer zu werden. Aber dann meldete sich die kehlige Stimme des Arabers. Auch er spuckte englisch durch die sperrigen Zähne.

„Wer spricht?"

„Scheich Dschellaba?"

„Ja".

„Mein Name", sagte Lappmann, „ist nicht wichtig. Was ich..."

„Dann gehen Sie zum Teufel!" zischte der Scheich. „Ich spreche nicht mit einem, der seinen Namen verschweigt."

„Nicht auflegen!" rief Lappmann. „Was ich..."

„Ihren Namen!" verlangte der millionenschwere Wüstensohn, der – wie man wußte – in England studiert hatte und mit Messer und Gabel perfekt umgehen konnte.

„Hören Sie mich erstmal an", sagte Lappmann. „Gleich werden Sie mich verstehen. Was ich..."

„Sie stehlen meine Zeit. Ich gebe sowieso keine Almosen *(milde Gaben, Spenden)*."

„Weiß ich doch. Die ganze Welt weiß das. Und man versteht Sie. So üppig haben Sie's ja auch wieder nicht. Ihr Privatvermögen wird auf höchstens 500 Millionen geschätzt – Dollar oder DM. Ist ja wurscht! Was ich..." Unwillkürlich hielt er inne, wartete darauf, daß der Scheich ihn abermals unterbreche. Aber der schien einen Anfall von Milde zu haben. Gnädig lieh er sein Ohr.

„Was ich Ihnen mitzuteilen habe, wird Sie erschrecken", fuhr Lappmann fort. „Ich konnte nämlich einen Mann beobachten, der vorhin im Regine's Fotos machte. Heimlich! Mit einer Handgelenk-Kamera – wie sie von Spionen benutzt wird. Er hat sie aufgenommen und den König Dafah, die drei Scheichs am Nebentisch, den Emir und die beiden Minister."

„Und? Was soll das?" pfiff Dschellaba durch die Leitung.

„Jetzt kommt's, großer Herrscher. Sie alle wurden nämlich immer in dem Moment aufgenommen, wenn sich der eine oder andere aus der Whiskyflasche bediente, sich einen Viertelliter ins Glas kippte – vom hochprozentigen, bösen Alkohol. Hah! Ist ein Ding, was?"

Der Scheich schwieg. Vermutlich begannen seine Gehirnzellen zu arbeiten – eine Tätigkeit, die er sonst Vertrauten und Mitarbeitern überlassen konnte.

„Ihr seid alle arabische Moslems", sagte Lappmann genüßlich. „Eure Religion ist der Islam. Er verbietet euch den Genuß von Alkohol. Ist ein sehr schlimmes Vergehen. Hier in Europa schüttet ihr ihn munter in die Kehle – weil er, was ich ja zugebe, schmeckt. Ihr nehmt ordentlich einen zur Brust, solange ihr euch unbeobachtet glaubt. Aber wehe, man ertappt euch! Das wäre peinlich. Eure Untertanen würden sich wundern. Für die setzt es bekanntlich Stockhiebe, bis die Haut aufplatzt, wenn man sie – die Untertanen – beim Trinken erwischt."

Der Scheich schwieg noch immer. Vielleicht erwog er in diesem Moment, auf Apfelsaft umzusteigen.

„Sie begreifen, großer Herrscher, worauf ich hinaus will? Der Kerl, den ich beobachtet habe, wird euch mit den Fotos erpressen. Jawohl, wird er! Oder – falls Sie und Ihresglei ... äh ... und die anderen großen Herrscher nicht zahlen – ja, dann wird er die Fotos der Presse zuspielen. Wäre eine tolle Blamage. Und vor allem: Denken Sie an Ihre Untertanen!"

Dschellaba räusperte sich. „Wer ist der Mann?"

„Das weiß ich noch nicht. Mein Freund verfolgt ihn. Sobald er Namen und Adresse des Typs festgestellt hat, melde ich mich wieder. Okay? Ich nehme an, damit erweise ich Ihnen einen Riesengefallen. Tue ich gern, wirklich! Sie werden mir sicherlich meine Auslagen ersetzen. Nicht wahr?"

Ich dachte an... äh.. 50.000 US-Dollar

„Auslagen?"

„Meine Unkosten."

„Verstehe. Wieviel?"

„Ich dachte an... äh... 50 000 US-Dollar. So billig, hähäh, arbeitet sonst keiner für Sie."

„Rufen Sie mich an", schnauzte Dschellaba, „sobald Sie wissen, wer der Kerl ist. Dann soll's mir auf das Almosen nicht ankommen."

Knacks – war die Verbindung unterbrochen.

Lappmann grinste. A 34! dachte er. Ich habe die Fotos geschossen. Eine prima Erpressung wäre das geworden. Jetzt läuft es etwas anders. Aber es kommt dasselbe dabei raus: 50 000 Dollar für mich – das sind, naja, 150 000 D-Mark – und viel Ärger für dich, du Straßenräuber in A 34! Dir hetze ich die Wüstensöhne auf den Hals.

3. Nicki findet die Spur

Dichter und dichter zog der Nebel sich zusammen.

Auch Mike, Lockes großer Bruder, fuhr langsam, was fast ein Kunststück war mit seiner schweren Maschine.

Es war später Abend. Der Sonnyboy der Familie war in der Stadt gewesen – bei einer seiner Freundinnen. Unter anderem hatten sie Latein und Geschichte gepaukt; als Vorbereitung fürs Abitur.

Mike trug seinen Sturzhelm. Die 1000-ccm-Maschine wummerte mit verhaltener Kraft. Statt 180 fuhr er etwa 18 std/km – schnell genug bei der Null-Sicht.

Er bog in die Einfahrt. Das Gartentor stand offen. Das Scheinwerferlicht tupfte über den Asphalt. Da lag was. Das sah er. Aber es war zum Bremsen zu spät. Schon mahlte das Vorderrad über den Fetzen und drückte ihn platt.

Mike hielt, schaltete den Motor aus, ließ aber den Scheinwerfer brennen, weil der in der Nebelsuppe die einzige Lichtquelle war.

Er stieg ab, bückte sich und griff nach dem Fetzen.

Stoff! Filz!

Er trat vor die Maschine ins Licht.

Ja, es war Lockes Hut.

Mike stand ganz still in seiner ledernen Feuerstuhl-Kluft. Er starrte auf den Räuberhut seiner Schwester, und ein unangenehmes Gefühl breitete sich vom Magen her aus.

„Diese Schusselliese", sagte er dann laut in den Nebel. „Verliert ihren Hut! Einen ihrer Hüte. Dabei besitzt sie doch zur Zeit nur 16 oder 17 – falls ich die richtige Info drauf habe."

Verloren? Hatte sie ihn wirklich verloren?

Er fröstelte. Er sah zum Haus. Kein Licht. Für fünf Sekunden hatte er sich Mut gemacht. Aber jetzt bemerkte er das Mofa. Es lehnte an der Mülltonne. Niemals stellte sie es dort ab. Jedenfalls nur, um das Garagentor zu öffnen. Aber dann schob sie es in den Stall, wo sich – meistens nur nachts – die Rehmschen Fahrzeuge versammeln: Mikes Maschine, Gunters Saab und Lockes Mofa.

Ohne sich um seinen Feuerstuhl zu kümmern, rannte Mike zur Haustür. Er schloß auf, trat ein, machte Licht in der Diele.

Auf der Schiefertafel, die hinter der Tür hängt und familiären Mitteilungen dient, war keine Eintragung.

„Looooocke!"

Er rief kein zweites Mal. Sie war nicht da. Er wußte es. Trotzdem warf er einen Blick in ihr Zimmer.

Mausi, Lockes weiße Maus, die eigentlich Helena heißt, machte Männchen in ihrem Käfig.

Mike schloß die Tür, trat zum Telefon und wählte.

Dr. Helga Conradi meldete sich, Toms Mutter – und künftige Stiefmutter von Locke und Mike.

„Helga, ich bin's. Ist Tom da?"

„Ja. Moment!" Sie wandte sich vom Hörer ab. Mike hörte, wie sie nach Tom rief. Dann: „Er kommt, Mike. Ist was?"

„Ich komme eben nach Hause. Locke ist nicht da. Ich hatte die Idee, sie wäre mit Tom unterwegs. Allerdings..."

„Um Gottes willen! Ihr wird doch nichts passiert sein!"

Er hörte, wie Helga vernehmlich einatmete. Immerhin liebte sie Locke wie eine eigene Tochter.

„Hier kommt Tom", sagte sie mit mühsam beherrschter Stimme.

„Ja, Mike?" Toms Stimme klang wie eine gespannte Baßsaite. „Ist was mit Locke? Oder weshalb..."

Auch er sprach nicht weiter.

„Sie ist nicht zu Hause, Tom. Aber das Mofa lehnt an der Mülltonne. Und vor der Garage lag ihr Hut auf dem Boden."

Sekundenlang war kein Laut in der Leitung.

Tom sagte: „Bis vier Uhr waren wir zusammen in der Stadt. Dann habe ich Locke bei Nicole, ihrer Freundin, abgeliefert. Sie wollten sich für die morgige Franz-Arbeit vorbereiten. Lokke wollte spätestens um sechs Uhr nach Hause fahren. Warte Mike! Ich rufe Nicole rasch an, dann melde ich mich wieder."

Er unterbrach die Verbindung. Auch Mike legte auf. Er blieb am Telefon. Das Gefühl aus dem Magen wuchs an zur Lawine.

Gleich wird mir übel, dachte er. Angst ist das. Eine Scheißangst. Ihr ist was passiert. Himmel, ihr ist was passiert. Oder? Verflucht? Mir fällt nichts anderes ein. Gibt's eine andere Erklärung?

Das Telefon klingelte.

„Sie war bis halb neun bei Nicole", sagte Tom. „Hat dort gegessen. Ist dann trotz Dunkelheit losgerollert. Wahnsinn! Nicole und ihrer Mutter kann man keinen Vorwurf machen. Du weißt sicherlich – da gibt es keinen Vater, der Locke hätte heim bringen können. Nicole hat auch keinen Bruder."

„Vielleicht ist sie... bei Nachbarn." Mike schluckte. „Und sie hatte den Hut an den Griff des Mofas gehängt. Aber er fiel runter und... Tom, ihr hört von mir. Jetzt muß ich wohl doch unseren Vater verständigen."

Er drückte auf die Gabel, wählte die Rufnummer des Pressehauses und Gunters Hausanschluß. Er hatte Glück. Gunter war an seinem Schreibtisch und meldete sich.

„Ich will dich nicht beunruhigen", sagte Mike, „aber..." Er berichtete.

„Ich komme", sagte Gunter. „Du bleibst am Telefon. Wenn Locke bei Nachbarn wäre, hätte sie was auf die Tafel geschrieben."

Mike blieb in der Diele. Er begann unter den Achseln zu schwitzen. Als er zufällig in den Wandspiegel sah, erschrak er über seine käsige Farbe.

Nimm dich zusammen! dachte er. Als wäre es das erste Mal, daß sie uns in Angst und Schrecken versetzt. Mit einem verrückten Luder wie Locke als Schwester – mein Gott, wenn ich an alles nur denke! Sie und Tom stecken ihre Nasen in jede Gefahr. Wenn die junge Dame auch schlottert – ihr liegt das Abenteuer im Blut. Wird schon nichts passiert sein. Nein, bestimmt nicht!

Er schälte sich aus seiner Lederkluft.

Ein Wagen hielt vor der Garage. Gunter stürmte herein. Er trug eine graue Sportjacke mit Lederflecken an den Ellbogen. Die Brille, die er nur zum Schreiben und Lesen benutzte, steckte in der Ziertuchtasche.

„Nichts!“ sagte Mike.

Gunter öffnete die Kellertür. Neben der steilen Treppe hing eine Taschenlampe an der Wand.

„Bleib am Telefon, Mike. Ich suche mal den Garten ab. Ist unwahrscheinlich, aber...“

Er rannte hinaus. Minuten vergingen. Mike starrte das Telefon an. Womit rechnete sein Vater? Daß Locke von irgendwo anrief? Nein. Aber... ja, das war's. Entführer, Kidnapper – melden sich manchmal kurz nach der Tat, rufen an, stellen ihre Bedingungen und warnen davor, die Polizei einzuschalten. War Locke entführt worden?

Ein Wagen kam die Straße herab, fuhr so schnell wie sich angesichts des Nebels gerade noch verantworten ließ. Am Motorgeräusch erkannte Mike Helgas BMW.

Er ging zum Eingang und öffnete.

Nicki sprang ihm entgegen, freudig winselnd. Der mächtige Mischlingshund trug schon sein Winterfell: ockerfarben und dunkel gestromt. Mehr denn je sah er aus wie ein Tiger – mit dem gewaltigen Schädel und den gefährlichen Reißzähnen. Liebevoll legte er Mike die Vorderpfoten auf die Schultern und begrüßte ihn mit einem Küßchen – jedenfalls mit einem Schnauzenstoß, der auch starke Männer umwirft. Dann sauste er ins Haus, fiepend vor Aufregung. Er suchte Locke, seinen Liebling, fetzte in den Wohnraum, dann die Treppe hinauf, wieder runter und setzte sich vor ihre Zimmertür.

Tom und Helga kamen herein.

Ein Blick in Mikes Gesicht genügte.

Helga trug Edeljeans zu hochhackigen Schuhen und einen silbergrauen Pullover. Mit einem Tuch hatte sie ihr Blondhaar zurückgebunden. Sie sah zauberhaft aus. Aber sie preßte die Lippen zusammen, und die blauen Augen flackerten.

Tom wirkte in seinem dicken Pullover noch athletischer als sonst. Sein kräftiges Gesicht war blaß. Aber er bemühte sich, seiner Rolle als Fels in der Brandung gerecht zu werden.

„Es gibt tausend Erklärungen", sagte er rasch. „Vielleicht ist ihr schlecht geworden. Vielleicht kamen Rocker vorbei. Vielleicht wurde auf der Straße ein Tier verletzt – Hund oder Katze – und sie ist zur Tierklinik mitgefahren. Erst suche ich mal den Garten ab und alle finsteren Winkel. Da..."

„Schon geschehen", sagte Gunter von der Tür her. „Hier ist sie nirgendwo." Er knipste die Taschenlampe aus, schloß die Tür hinter sich und küßte Helga. Dann wurde er von Nicki bestürmt, der seine Streicheleinheiten forderte.

Sie gingen ins Wohnzimmer. Helga setzte sich auf die Couch. Tom blieb hinter einem Sessel stehen und wippte auf den Ballen.

„Nur keine Panik", meinte er. „Unsere Süße ist ja schließlich nicht aus Zucker. Wie gehen wir vor, Gunter?"

„Erst rufen wir die Nachbarn an. Alle, mit denen sie gelegentlich plauscht. Mike, übernimm du das! Du kennst die Leute. Ruf auch gleich in der Tierklinik an."

„Und in den Krankenhäusern", sagte Helga. „In der Notarzt-Zentrale und beim Roten Kreuz. Ich glaube zwar nicht an einen Unfall, weil man uns dann längst verständigt hätte, aber wir wollen nichts auslassen."

Mike begann zu telefonieren. Tom suchte die Rufnummern aus dem Telefonbuch. Gunter löste Mike ab. Jeder Anruf war ein Fehlschlag.

Nach einer halben Stunde waren sie durch.

Tom klopfte sich mit geballter Faust an den Schenkel. „Also dann die Polizei. Vermißtenmeldung."

Gunter schüttelte den Kopf. „Noch nicht. Laß uns noch warten. Falls was anderes dahinter steckt – eine Entführung zum Beispiel – müssen wir entscheiden, was besser für Locke ist: Daß die Polizei ermittelt, oder daß sie vorläufig aus dem Spiel bleibt."

Alle sahen das ein.

Helga erbot sich, Kaffee zu kochen, und ging in die Küche.

In diesem Moment schrillte der Apparat.

Tiefe Seufzer waren in der Stille zu hören.

„Das wird sie sein", lachte Mike.

Gunter nahm den Hörer ab. „Rehm."

„Ja, was ist denn bei euch los?" fragte Elisabeth Rehm, die 72jährige Oma, mit gütiger Stimme. „Seit fast einer Stunde versuche ich, bei euch anzurufen. Immerzu war besetzt."

„Hallo, Mutter", zwang er sich zu einem fröhlichen Ton. „Tja, ich habe ein langes Dienstgespräch geführt. Wie geht's dir?"

Oma Rehm, von allen geliebt, wohnte nicht mehr in der Stadt, sondern draußen in Birkenrode, einem grünen Dorf, wo sich auch Frau Holle, ihre Katze, sehr wohl fühlte.

„Gut. Du", sie dämpfte die Stimme, „ich rufe wegen Weihnachten."

„Weihnachten? Das ist doch noch lange hin, Mutter."

„In meinem Alter ist man nicht mehr so flink, Gunter. Ich muß rechtzeitig wissen, was die Kinder sich wünschen. Damit es mit den Besorgungen klappt. Ich weiß ja gar nicht, was läuft – oder wie man heutzutage sagt. Seit zwei Wochen, nein, seit 16 Tagen haben wir uns nicht gesehen."

„Sonntag besuchen wir dich. Ist doch abgemacht. Mutter, ich kann jetzt nicht lange sprechen. Ich muß nochmal ins Pressehaus. Da ist was durcheinander geraten. Jedenfalls sage ich den beiden Bescheid, damit sie ihren Wunschzettel schreiben."

„Aber zusätzlich brauche ich einen Tip von dir. Für ein Geschenk, das nicht auf den Zetteln steht. Als Überraschung."

„Ich mache mir Gedanken. Paß auf dich auf, Mutter. Gute Nacht."

Als er auflegte, zitterte seine Hand. Sonntag besuchen wir dich, dachte er. Wir! Zu dritt? Selbstverständlich zu dritt. Nein, zu viert. Tom kommt auch mit. Zu fünft! Helga war schon lange nicht mehr bei der Oma. Und Nicki kann ruhig mal die Katze jagen. Die wird sowieso zu fett.

Er ging ins Wohnzimmer zurück. Helga brachte den Kaffee und füllte die Tassen.

„Hat man mir was angemerkt?" fragte er.

„Du warst nicht so wie sonst." Helga strich sich über die Stirn. „Aber es klang nach Nervosität. Nicht wie Panik."

Alle setzten sich. Schweigend trank jeder seinen Kaffee. Er war heiß und stark.

Warten! dachte Tom. Wir können nicht nur rumhocken und warten. Aber was, zum Henker, sollen wir unternehmen?

Er stellte die Tasse ab. „Ein Unfall scheidet aus. An einen ... äh ... Sittlichkeitsverbrecher denken wir jetzt nicht. Ein Kidnapping? Mit Lösegelderpressung? Könnt ihr euch das vorstellen? Wer sowas drauf hat, sucht sich doch gleich einen Krösus *(reichen Mann)*, der ohne Mühe massenhaft Kohle rausfährt. Bei dir, Gunter, ist doch soviel nicht zu holen."

„Ganz gewiß nicht", nickte Gunter. „Aber Lösegelderpresser verhalten sich manchmal saublöd. Sie krallen sich ein Opfer, ohne vorher zu überprüfen, was dort zu holen ist. Nicht nur vermögende Personen werden gekidnappt." Er sah auf die Armbanduhr. „Wenn das dahinter steckt – also, wir müssen dem Kidnapper Zeit lassen, sich zu melden. Wir warten bis Mitternacht. Wenn bis dahin niemand anruft, verständigen wir die Polizei."

Tom griff zur Kaffeekanne und goß sich abermals ein. Er war weder müde noch durstig, wußte aber nicht, wie er seine Karatefäuste stillhalten sollte.

Plötzlich riß er den Kopf hoch.

„Heh! Sind wir denn blöd! Wir haben unseren Tiger hier – samt seiner Fährtennase. Warum setzen wir ihn nicht ein?"

Helga nickte heftig. Mike klatschte sich die Hand an die Stirn. Gunter sprang auf.

Nicki wurde angeleint. Tom nahm ihn kurz.

Das Mofa lehnte noch an der Mülltonne. Tom führte seinen Hund dorthin, wo Mike den Schlapphut gefunden hatte. Mike hielt Nicki den Filz unter die Nase.

„Achtung, Nicki!" gebot Tom. „Suuuuch die liebe Locke! Such verloren! Los, mein Hund!"

Der kluge Vierbeiner wedelte heftig. Er stieß die Nase zu Boden und stemmte sich gegen die Leine. Mit seinen 42 Kilo Lebendgewicht konnte er ziehen wie ein Maulesel-Gespann.

Aufgeregt schnupperte er den Boden ab, dann zog er Tom zur Ausfahrt. Dort zeigte er sich unschlüssig, schnüffelte mal in diese, mal in jene Richtung, entschied sich für rechts und legte Tempo vor.

„Bleib bitte im Haus, Helga!" rief Gunter seiner Liebsten zu. „Am Telefon, ja?"

Dann folgte er Nicki und den Jungs.

Nicki hechelte. Ohne die Nase vom Boden zu heben, strebte er vorwärts. Tom ließ ihm mehr Leine. Sie war sechs Meter lang und aus Leder. Der treue Hund zog ihn in die brodelnde Waschküche. Tom kniff die Nasenflügel ein. Stellenweise roch der Nebel, als hätte jemand Stinkbomben oder faule Eier geworfen.

„Er hat die Fährte", stellte Mike fest.

Mit Gunter lief er dicht hinter Tom.

„Irgendwas ist seltsam", stellte Tom fest. „Er war sich erst unschlüssig. Wäre Locke hier gelaufen, hätte er keine Sekunde gezögert. Er hat ihre Spur, sicherlich, aber die war anfangs irgendwie unscharf."

„Wie meinst du das?" fragte Gunter. „Daß ihre Stiefel – ich glaube, sie hat Siefel an – anders riechen als sonst?"

„Das nicht. Aber mein Tiger mußte sich erst darüber klar werden, daß sie in diese Richtung getapert ist. Ich weiß nicht, was... Moment! Es gäbe eine Erklärung. Locke lief nicht – sondern wurde getragen."

„Klar!" sagte Mike. „Getragen! Das ist der Knackpunkt. Getragen, nachdem man sie vor der Garage überwältigt hat. Dabei verlor sie den Hut. Außerdem war sie bewußtlos. Zumindest gefesselt und geknebelt. Sonst hätte sie um Hilfe geschrien. Mein Gott! Das bestätigt unsere Befürchtungen."

Nicki machte Halt. Unterhalb des Bordsteins schnupperte er die Straße ab. Nach drei engen Kreisen verharrte er an einer Stelle.

Tom bückte sich. Mit zwei Fingern tupfte er auf den Boden.

„Öl!" sagte er heiser. „Hier hat der Wagen gestanden. Hat ein bißchen Öl verloren. Jetzt wissen wir's. Der oder die Entführer hat oder haben Locke hierher geschleppt und in die Karre geladen. Dann sind sie losgebrettert. Dunkelheit und Nebel haben sie begünstigt. Man sieht nicht die Hand vor Augen. Also hat auch niemand beobachtet, wie Locke verschleppt wurde."

Gunter ging über den Gehweg. Dort, wo die Fluchtlinie der Grundstücke verlief, war kein Zaun. Er entsann sich, während er in den Nebel starrte und auf die novembergraue Wiese trat: Hier stand kein Haus. Ein großes Grundstück war ausgespart, eine grüne Lücke in der Reihe der Grundstücke. Wie schlau, daß Lockes Entführer hier geparkt hatten. Die Wahrscheinlichkeit, unbemerkt zu bleiben, war groß. Allerdings – stand nicht drüben auf der anderen Seite der hübsche Bungalow mit dem Wetterhahn auf dem Dach?

Er verständigte die Jungs und ging hinüber. Erst als er am Gartentor stand, bemerkte er das Licht. Ein schwaches Glimmen in der Nebelbrühe. Ein erleuchtetes Fenster.

Er ging zum Haus und klingelte. Ein Hund schlug an. Das Bellen klang schrill und ein bißchen hysterisch. Gunter entsann sich. Zu dem Haus gehörte ein Kleinpudel – der von weitem wie ein Karamel-Bonbon aussah.

„Wer ist dort?" fragte eine Frauenstimme hinter der Tür.

„Mein Name ist Rehm. Ich wohne vorn in der Straße. Ich glaube, wir kennen uns vom Sehen. Meine Tochter fährt Mofa und trägt große Hüte. Mike ist der Typ mit dem Feuerstuhl. Wir..."

„Und Sie sind der Redakteur vom Tagblatt, nicht wahr?" Die Frau öffnete. „Ich weiß Bescheid, Herr Rehm. Ich bin Alma Müller."

Sie gab ihm die Hand. Mit dem Fuß hielt sie ihren Pudel zurück, einen wütenden Giftzwerg.

„Entschuldigen Sie die Störung, Frau Müller. Aber ich habe eine Frage. Es betrifft eine Beobachtung, die Sie möglicherweise gemacht haben. Aus bestimmten Gründen ist das sehr wichtig für mich. Ungefähr zwischen acht und neun Uhr vorhin hat auf der anderen Seite ein Wagen geparkt. Ziemlich genau Ihrem Grundstück gegenüber. Haben Sie den zufällig bemerkt?"

„Sie sagen es, Herr Rehm. Kurz nach acht war ich mit Goliath draußen. Er rennt immer über die Wiese drüben. Manchmal verbellt er Igel. Ich gehe dann auf dem Bürgersteig auf und ab und passe auf, daß er nicht auf die Straße rennt. Stimmt! Dort parkte ein Wagen. Der linke Scheinwerfer brannte – und die linke Heckleuchte. Damit im Nebel niemand drauf fährt."

Jetzt nur keine Aufregung! dachte Gunter. Bleib locker, Rehm!

Er lächelte die Frau an. Sie war schick, aber in einem Alter, wo Frauen dankbar sind für ein Lächeln.

„Ein Personenwagen, Frau Müller?"

„O ja. Ein...wie sagt man?...ja, ein Kombi."

„Sie haben nicht zufällig die Kfz-Nummer gelesen?"

„Fragen Sie mich was Leichteres. Zahlen, wissen Sie, kann ich mir nicht merken. Aber es war ein hiesiges Kennzeichen. Ja. Und ich glaube, eine Fünf war dabei."

„Haben Sie jemanden beim Wagen gesehen?"

„Niemanden. Er war leer."

„Wissen Sie, zu welcher Marke der Wagen gehört? Was für ein Fabrikat es ist?"

„Tut mir leid", lächelt sie. „Davon verstehe ich überhaupt nichts. Ich habe keinen Führerschein. Autos unterteile ich in Busse, Last-, Tank- und Personenwagen. Aber ich glaube, er war braun. Oder dunkelrot."

Mehr wußte sie nicht. Gunter bedankte sich. Goliaths Zorn

Tut mir leid.

war verraucht. Er rannte in den Flur zurück und schleppte sein Spielzeug an, einen Stoffhasen, der größer war als er selbst.

Gunter kraulte den bonbonfarbenen Pudel und sockte dann schleunigst zurück.

4. Todesangst

Jedes Wort hatte Gottfried Fischer, der Einbrecher, belauscht. Ihm stockte der Atem. Gab's das? Da rächte sich dieser Immobilien-Makler für den Unfalltod seiner Frau und seiner Tochter! Rächte sich, indem er die Tochter von diesem Rehm, dem Unfallverursacher, entführte und hier einkerkerte!

Das haut den Hahn von der Leiter! dachte Fischer und zog sich zurück – die halbe Treppe hinauf.

Er hörte, wie Willek den H-Bombenkeller abschloß und den Schlüssel neben der Tür an die Wand hängte – wie erwähnt.

Willek schlurfte zur Kellertür. Er bewegte sich langsam. Gewichte schienen auf ihn zu drücken. Leise murmelte er vor sich hin. Er löschte das Licht. Dann war er draußen, und Fischer hörte, wie der Schlüssel im Schloß klirrte.

Ein Verrückter!

Fischer schlich die Treppe hinauf, durch Diele und Speisezimmer zu einem straßenseitigen Fenster. Schwere Samtvorhänge rahmten es. In den Spitzengardinen wütete schon seit Jahren der Gilb. Fischer spähte hinaus.

Bis zur Straße reichte die Sicht nicht, wohl aber bis zu dem Schild, das im Garten – näher am Haus als am Zaun – aufgestellt war. Es handelte sich um ein großes Schild der Immobilienfirma Otto Willek. Es teilte mit, daß dieses Grundstück samt Villa zum Verkauf stünde. Adresse und Telefonnummer der Firma waren vermerkt.

Erst durch das Schild war Fischer auf die Villa aufmerksam geworden. Steht leer, hatte er sich gesagt. Möbel sind drin. Da lohnt sich ein Fischzug.

Das Fenster, hinter dem er stand, befand sich im Hochparterre. Er sah auf Willek hinab. Als graue Gestalt latschte der durch den Garten. Er hatte sich die Parka-Kapuze über den Kopf gestülpt. Statt auf dem Weg zu bleiben, der zum Gittertor führte, schwenkte er rechts: hinein in das Farnkraut-Feld, in dem auch das Schild stand.

Fischer sah zu, wie Willek an den beiden Pfosten rüttelte. Endlich schaffte er's, lockerte sie, zog sie aus dem Boden. Er schulterte das Schild und bohrte ab in den Nebel. Kurz darauf wurde vorn an der Straße ein Wagen gestartet. Milchige Scheinwerferstrahlen tasteten in den Nebel. Willek fuhr ab.

Fischer grinste. Er ließ sich in einen Sessel fallen, um in Ruhe nachzudenken. Es war ein üppig gepolsterter, ausladender Sessel mit hellem Holz und großzügig geschwungener Kurvierung.

Woher sollte Fischer wissen, daß es sich um einen André Groult-Sessel handelte, ein Glanzstück des französischen Innenarchitekten? Der Diebstahl hätte sich gelohnt und ihm – Fischer – vielleicht ein Vermögen eingebracht. Allerdings nicht soviel, wie ihm vorschwebte, als er jetzt begann, seinen Plan zu entwickeln.

Sie heißt Nina Rehm, wußte er. Aha! Willek kommt nicht zurück. Für den ist sie gestorben. Wird er den Vater verständigen? Vielleicht. Wahrscheinlicher ist, daß er darauf verzichtet. Zu leicht käme man ihm sonst auf die Spur. Er muß sowieso damit rechnen, daß er verdächtigt wird. Schließlich hat er ein Motiv. Das heißt, ich muß mich beeilen. Am besten, ich steige sofort ein in den Handel. Werde mich an den Rehm wenden. Wenn er in die Tasche greift, kriegt er sein Töchterchen zurück. Jedenfalls sage ich ihm das. Läuft auf Lösegeld raus. Phantastisch! Willek hat die Mühe, und ich kassiere.

Er stand auf. Jetzt brauchte er ein Telefonbuch und ein Telefon.

In derselben Sekunde fiel ihm siedend heiß ein: die Bombe im Koffer! Verdammt! Willeks grausames Spiel konnte die ganze Sache verderben. Wenn nun diese Nina todesmutig war und tatsächlich an dem Koffer herumspielte? Wenn die Bombe explodierte und das Haus auseinanderfiel? Was dann?

Ärgerlich schlug Fischer mit der Faust an die Wand. Dann stieg er abermals in den Keller hinunter.

*

OTTO WILLECK
IMMOBILIEN

Sie hatte Todesangst.

Nachdem Willek gegangen war, lag Locke minutenlang still. Eiseskälte kroch über ihre Haut. Die Augen brannten. Immer noch schmerzte der Kopf – Folgen der Betäubung.

Um sie herum war Stille. Kein Laut drang in den H-Bombenkeller. Es gab keine Fenster. In einer der hinteren Ecken war an der Decke eine Öffnung: die Belüftung. Ein Sieb deckte sie ab. Die Öffnung war eng wie eine Regenrinne.

Wahnsinn! Verdrehte Welt! Ich soll umkommen. Mit der Koffer-Bombe foltert er mich seelisch. Ein Rachemord – und alles wegen eines Irrtums.

Als ihr bewußt wurde, daß sie zitterte, biß sie mit den Zähnen auf den Knebel. Nein, sie war kein Hasenfuß. Sie würde nicht flennen und wimmern – jedenfalls jetzt noch nicht. Eine Nina Rehm gibt nicht auf, sondern hält durch bis zum geht-nicht-mehr. Nur Mut, Locke! Hallo, Tom – auch das ist ein Fall für uns.

Mein Gott! Wenn er mich nur hören könnte!

Tränen schossen ihr nun doch in die Augen. Aber sie tat so, als merke sie das nicht. Vorsichtig richtete sie sich in kniende Haltung auf. Dann begann sie, an der Handfessel zu zerren.

Willek hatte nicht gelogen. Das Tuch, das ihre Hände zusammenhielt, saß nicht so fest – wie eine Handschelle, wie ein Lederriemen, wie ein Strick, der sich tief in die Haut gräbt.

Sie zerrte und zerrte. Sie stand auf. Wie grell das Licht war. Es kam aus den Neonröhren unter der Decke. Sie trat zu dem Regal und stellte sich mit dem Rücken vor einen Nagel. Etwa in Hüfthöhe ragte er seitlich aus dem Holz.

Beim ersten Versuch schrammte sie sich. Beim zweiten Mal bohrte sich der Nagel in den Knoten. Sie ruckte ein bißchen. Das Regal wackelte. Sie ruckte stärker. Eine Konservendose klatschte auf den Boden, rollte müde drei Umdrehungen und stieß gegen den Koffer.

Sie hielt den Atem an. Wie empfindlich war die Bombe. Durfte man sie schubsen und mit ihr wackeln?

Der Knoten öffnete sich. Dann nahm sie den Knebel aus dem Mund.

Eine Weile bewegte sie die schmerzenden Schultergelenke. Dann prüfte sie die Vorräte im Regal. Fünf Flaschen Mineralwasser würden sie vor dem Verdursten bewahren – jedenfalls vorläufig. Bei sparsamer Einteilung reichte sie sechs oder sieben Tage damit. Aus acht Konservendosen bestand die Notnahrung. Locke las das Verfallsdatum auf dem Etikett. Zwei waren abgelaufen – aber erst seit kurzem. Die Büchsen enthielten Goulasch, weiße Bohnen, Corned beef *(Rindfleisch in Dosen),* Spinat und Zwiebelfleisch.

Nichts, was ich mag, dachte sie. Aber der Hunger treibt es sicherlich runter.

Sie suchte nach dem Büchsenöffner. Es war keiner da. Aber sie entdeckte einen Schraubenzieher. Mit dem würde sie sich behelfen. Auf Manieren kam es jetzt wirklich nicht an. Sie hatte weder Besteck noch Teller. Daß Servietten im Regal lagen – und ein Stapel Handtücher, war komisch.

Sie trat zu dem Koffer, umrundete ihn. Sie kniete sich davor. Lauschend hielt sie das Ohr an den Metalldeckel. Ein fernes Ticken? Sie erschrak. Dann merkte sie, daß sie das Ticken ihrer Armbanduhr gehört hatte. Als sie die Hand wegstreckte und wieder am Deckel horchte, toste nur Stille im Ohr. Sie preßte auch das andere Ohr an den Deckel. Nein, im Koffer war alles ruhig. Keine Höllenmaschine – oder so. Der wahnsinnige Willek hatte sich was anderes ausgedacht: einen Zünder, der erst dann explodierte, wenn das Kombinationsschloß entsprechend eingestellt war.

Wie hatte er gesagt? Ihre Chance, zu überleben, stünde eins zu 997? Hatte er richtig gerechnet?

Bei einer bestimmten Einstellung des Zahlenschlosses öffnet sich der Koffer ohne Gefahr, überlegte sie. Dann habe ich den Schlüssel und kann hier die Mücke machen. Bei einer anderen Einstellung explodiert die Bombe – und ich werde zum Mükkenschwarm. Jedenfalls bleibt nichts von mir übrig. Bei sämtlichen anderen Einstellungen rührt sich das Schloß nicht. Keine Explosion, aber auch kein Schlüssel. Wieviele Möglichkeiten sind das? 997? Bei 000 fängt es an, dann 001, 002, 003 bis 099, dann 100, 101, 102 und so weiter, bis 999. Sind 999 Möglichkeiten, dazu die 000-Kombination, macht genau 1000 Möglichkeiten. Eine davon rettet mich. 999 sind mein Verderben. Bist ein blöder Kerl, Willek! Falsch gerechnet! Ätsch! Sogar dazu zu doof, du Immobilien-Makler! Wahnsinniger!

Ihr Atem zitterte in der Kehle. Daß der Mann nicht rechnen konnte, war ein schwacher Trost.

Sie faßte den Koffer am Griff. Vorsichtig hob sie ihn an. Er war schwer – sehr schwer. Um ihn nicht fallen zu lassen, setzte sie ihn rasch wieder ab.

Sie sank aufs Bett. Unverwandt war ihr Blick auf den Koffer gerichtet.

Da war also eine Kombination, die sie nicht einstellen durfte. Und eine, die sie finden mußte. Wo hatte er die Explo-Kombi- wie sie in Gedanken abkürzte – untergebracht? Zwischen null – nein, noool – und 100? Zwischen 101 und 200? Zwischen 901 und 999? Wie schätzte er sein Opfer ein? Würde sie vorn mit der Suche beginnen? Oder hinten anfangen? Oder mittendrin zitternd diese oder jene Einstellung erproben?

Sie spürte, wie ihre Handflächen feucht wurden. Sowas kannte sie sonst gar nicht. Ihr Herz hämmerte. Und sie schielte zu der chemischen Toilette hin, denn sie war wirklich von Kopf bis Fuß ein Nervenbündel.

„Nein!" sagte sie laut und schob den Koffer mit beiden Händen weg. „Jetzt nicht. Noch lange nicht! Papi, Mike, Tom und Helga werden Himmel und Hölle in Bewegung setzen, um mich zu finden. Alles werden sie tun. Vielleicht entdecken sie eine Spur? Vielleicht hat irgendwer beobachtet, wie ich verschleppt wurde!"

Sie dehnte den Gedanken nicht aus. Es war zu bedrückend. Denn bei dem Nebel hatte niemand was gesehen. Und wie sollten ihre Leute auf Willek kommen – von dem sie nichts ahnten? Weil es ja keine Verbindung gab und alles ein Irrtum war.

„Schrille Show!" schimpfte sie. „Der Kerl hat 'nen Sockenschuß – und das kommt dabei raus. Aber der Koffer bleibt zu, Nina! An dem machst du erst rum, wenn dir der Hungertod über die Schulter grinst. Keine Sekunde eher."

Selbstgespräche! dachte sie. Fängt das jetzt schon an? Werde ich die einzige sein, mit der ich mich unterhalten kann – bevor dieser Atomkäfig mein Sarg wird?

Nein, nein, nein! Ich komme hier raus!

Ihr Kopf ruckte hoch.

Da war ein Geräusch an der Tür. Richtig! Der Schlüssel wurde ins Schloß geschoben. Willek kam zurück. Hatte er sich besonnen? Oder wollte er eine neue Gemeinheit abziehen, weil ihm die Rachsucht im Blut saß?

Die schwere Tür bewegte sich, wurde geöffnet.

Locke starrte den Mann an. Sie kannte ihn nicht.

Er war schlank und etwa Mitte Dreißig, trug dunkle Klamotten und Turnschuhe. Hinten am Gürtel hing eine sackartige Ledertasche. Er hatte ein längliches Gesicht mit spitzem Kiefer. Die Augen waren ausdruckslos wie bei einer Echse. Das dunkle Haar krauste sich. Vielleicht war das Natur, vielleicht Frisör-Handwerk.

Er blieb stehen und glotzte sie an.

Die Jubel-Woge, die in Locke aufstieg, brach und fiel in sich zusammen. Dieser eisige Blick! Diese Gleichgültigkeit! Das war kein Retter. Das war ein Komplice von Willek.

Als er näher kam, wich sie zurück.

„Bitte, lassen Sie mich raus", sagte sie. „Ich will nicht hier bleiben. Ein Verrückter hat mich eingesperrt. Ich soll verschmachten."

Er antwortete nicht. Sein Interesse galt dem Koffer. Er griff danach.

„Vorsicht!" rief sie. „Da ist eine Bombe drin."

Bitte lassen Sie mich raus.

War er taub? Er schien nichts zu hören. Die Worte prallten an ihm ab.

Er trug den Koffer zur Tür.

Sofort war Locke neben ihm.

„Sie nehmen mich mit, ja? Sie holen mich raus?"

Wieder keine Antwort.

Locke sprang an ihm vorbei. Nur zwei Schritte war die geöffnete Tür entfernt. Sie konnte in einen erleuchteten Kellergang sehen. In derselben Sekunde wurde sie hinten am Poncho gepackt. Brutal riß der Kerl sie zurück. Stoff knirschte. Sie taumelte gegen das Regal, das sofort wackelte als sei Erdbeben. Eine Mineralwasserflasche fiel auf den Boden. Knallend zersprang sie. Wasser spritzte, Kohlensäure zischte, Scherben flogen umher.

Locke schrak zusammen. Für einen Moment war sie abgelenkt. Als sie den Kopf hob, schloß sich die Tür. Mit leisem Fauchen wurde das Luftpolster zusammengepreßt. Dann knirschte der Schlüssel.

Zitternd preßte sie die Hände ans Gesicht. Sie begriff nichts. Weshalb holte der Mann den Koffer? Was sollte das bedeuten? Daß sie ihrer letzten Chance beraubt wurde?

Sie trat in die Wasserlache, als sie zum Feldbett ging. Dort ließ sie sich fallen.

5. Walterchen, der Minnesänger

Fischer trug den Koffer ins Obergeschoß. Vorsichtig benutzte er seine Taschenlampe. Den H-Bombenkeller hatte er abgeschlossen und den Schlüssel neben die Tür gehängt.

Totenstill war 's im Haus. Tobte das Mädchen? Schrie sie? Er hatte erwartet, daß sie an die Tür hämmern würde. Vielleicht tat sie das auch. Aber bis hierher drang kein Laut.

Er ging zu dem Fenster, durch das er eingestiegen war. Die Scheibe war eingeschlagen. Zu dumm! Wenn das zufällig bemerkt wurde, tanzte die Polizei an. Ob Nina Rehm dann entdeckt wurde?

Er beugte sich hinaus. Glück gehabt. Wie er erst jetzt bemerkte, wuchs eine hohe Tanne dicht am Haus. Ihre Zweige schirmten das Fenster ab. Nur wer unten vor der Veranda stand, konnte die zerbrochene Scheibe sehen.

Er zog ein Seil aus der Gürteltasche, machte den Koffer daran fest und ließ ihn hinunter. Dann schwang er sich hinaus.

Feucht hüllte ihn der Nebel ein. In so einer Nacht war niemand unterwegs. Er nahm den Koffer, umrundete das Haus, vermied es, Farnkraut zu zertrampeln, sockte zum Tor und trat auf die Straße.

Sein Wagen parkte in gehöriger Entfernung. Niemand begegnete ihm. Er zögerte einen Moment, als er am Kofferraum stand. Dann schloß er auf und legte den Koffer in einen leeren Karton, den er zwischen anderem Gerümpel verkeilte.

Er legte Gürtel und Tasche ab, zog eine helle Windjacke an und glitt hinters Lenkrad. Eine Idee ließ ihn grinsen. Er fuhr langsam. Jedes Schlagloch war ihm unheimlich. Andererseits – davon war er überzeugt – vertrug die Bombe einen Stoß.

Er fuhr zum Hauptbahnhof. Auch in dieser unwirtlichen Nacht riß dort die Hektik nicht ab. Reisende warteten auf die Nachtzüge. Penner – teils betrunken, teils halb nüchtern – lungerten herum. In den Restaurants wurde kein Essen mehr ausgegeben, aber die Schankkellner hatten noch zu tun.

Fischers Blick wanderte umher. Er kannte einige Typen. Einen Doofen wollte er finden. Einen Einzelgänger, denn was er dem erzählen würde, war für keinen Dritten bestimmt.

Da war er schon! Neben der Bahnhofsbuchhandlung lehnte er an der Wand und trank Bier aus der Flasche. Ein harmloser Typ, noch jung und halbwegs gesund. Er hieß Walter – Walter und irgendwas. Wegen seiner Geschichte, die er jedem erzählte, nannte man ihn Walterchen, den Minnesänger. Eine unglückliche Liebe hatte ihn aus der Bahn geworfen. Weil ihn seine Charlotte verließ, gab er das geordnete Leben auf, schmiß den Job hin und versackte im Sumpf. Jetzt war er Stadtstreicher und lebte vom Mitleid der Menschen.

„Heh, Walterchen", sagte Fischer, als er vor dem Penner stand.

„Ah, du", nickte der. Er wußte Fischers Namen nicht.

„Haste Zeit?"

Der Penner nahm einen Schluck aus der Flasche. Sein blasses Gesicht war kaum größer als eine Handfläche. Flaumige Bartstoppeln säumten das schwache Kinn. Er trug einen fleckigen Lodenmantel und einen schiefen Hut mit langer Feder – zweifellos einen Damenhut. Aber es war keiner von der Art, für die Locke sich erwärmt hätte.

„Hm. Zeit? Ja, vielleicht. Allerdings... nachher muß ich Charlotte anrufen. Sie kommt von einer Reise zurück. Da muß ich sie begrüßen. Habe ich dir von Charlotte erzählt?"

„Schon oft, Walterchen. Ich weiß, daß du sie liebst. Aber die Kanaille hat sich einem andern zugewandt. Sie ist schuld an deinem Unglück. Verachte sie! Trink lieber noch ein Bier, statt an sie zu denken. Die Sache ist jetzt die..." Er zögerte. „Du warst doch Buchhalter?"

„Bin ich noch", nickte Walterchen. „Nur zur Zeit ohne Arbeit. Und du hast völlig recht. Charlotte ist schuld an meinem Unglück. Auf Händen wollte ich sie tragen. Aber sie hat mich und meine Liebe mit Füßen getreten. Ein feinfühliger Mensch wie ich, verkraftet das nicht. Zusammen mit Charlotte – da wäre ich schon Bundeskanzler. Oder irgendwas Ordentliches. Aber sie hat meine Seele zerstört. Und meinen Charakter zerbrochen. Ich bin kaputt, kaputt, kaputt!"

Tränen traten ihm in die wässrigen Augen.

Kaputt warst du seit deiner ersten Sekunde, dachte Fischer. Sowas wie du ist Ausschuß – mit oder ohne Charlotte.

Aber er grinste. „Hast also Zeit?"

„Jaaahhh", seufzte Walterchen. „Wie heißt du eigentlich?"

„Filck – mit kurzem i." Er griff in die Brusttasche und zog einen Zehn-Mark-Schein heraus. „Wenn du mir einen Gefallen tust, spende ich dir was."

Walterchens Knete-Sinn war noch nicht verrottet. Gier trat in seinen Blick.

„Was für einen Gefallen?"

Fischer hob den Koffer. „Den habe ich geklaut. Ist mit Zahlenschloß. Es steht auf null, null, null. Das erkenne ich gerade noch. Aber mehr ist nicht drin bei mir, weil ich enorm schlechte Augen habe. Kann nur mit Brille lesen. Wenn ich mir die Nägel schneide, muß ich aufpassen, daß der Finger dran bleibt. Aber meine Brille liegt zu Hause in Ottenheim. Habe sie einfach vergessen. Leider muß ich bis morgen abend hier in der Stadt bleiben. Du verstehst? Es würde ewig und drei Tage dauern, bis ich den Koffer geknackt habe. Weil ich einfach nicht sehe, ob ich die Zahlenrädchen richtig drehe."

Walterchen nickte. „Meine Augen sind gut. Ich sehe das Gras wachsen. Und wenn Charlotte ein neues Kleid hatte – das sah ich sofort. Habe ich dir schon von ihr erzählt – und warum sie mich verlassen hat?"

„Kein Wort", erwiderte Fischer. „Es interessiert mich wahnsinnig. Aber nicht jetzt. Weil ich dringend telefonieren muß. Du machst mir den Koffer auf, ja, kriegst den Zehner und erzählst mir dann von Charlotte."

Er gab ihm Koffer und Geldschein.

Walterchen wußte nicht, wohin mit seiner Bierflasche, sah dann, daß sie leer war, und stellte sie säuberlich an die Wand.

BÜCHER

„Wie das mit Charlotte war, muß ich dir unbedingt erzählen. Du wirst erschüttert sein. Wir waren wie Ronald und Juliane."

Sicherlich meint er Romeo und Julia *(Liebespaar aus Shakespeare-Dichtung),* dachte Fischer. Er schob den Penner in eine Ecke hinter der Buchhandlung. Dort war er allein. Ein erleuchteter Schaukasten sorgte für Licht. Und nicht zuletzt: Falls die Bombe explodierte, kam außer Walterchen niemand zu Schaden.

„Bin dann gleich da", meinte er und klopfte ihm auf die Schulter.

Die Telefonzellen waren auf der anderen Seite der Halle.

Fischer beeilte sich, von Walterchen wegzukommen. Erst als er in eine der Zellen trat, sah er sich um.

Walterchen hockte an der Wand, hatte den Koffer zwischen den Knien und kombinierte am Zahlenschloß.

Fischer beobachtete ihn durch die Glasscheibe.

Er war so gespannt, daß er kaum atmen konnte. Würde der Penner den Koffer öffnen oder in die Luft fliegen? Um diesen Ausschußtyp war's nicht schade. Die Polizei würde rätseln. Na und?

Fischer hätte den Koffer wegwerfen können. Aber das brachte er nicht über sich. Um nichts in der Welt hätte er auf den Nervenkitzel verzichtet. Außerdem waren ihm Penner ein Greuel. Lieber noch hätte er einen Ausländer mit dem Öffnen betraut – einen Türken, zum Beispiel. Aber er kannte keinen. Und ein Fremder wäre mißtrauisch geworden.

Mit trockenem Mund beobachtete er den Penner. Wie konzentriert der arbeitete! Als Buchhalter war ihm sicherlich keine Fehler passiert.

Kann noch lange dauern, dachte Fischer. Er griff zum Telefonbuch. Er schluß die R-Spalten auf und suchte nach dem Namen Rehm. Verdammt! Mindestens 100 Rehms waren verzeichnet.

Er zog seinen Geldbeutel hervor. Der enthielt mehr Münzen

als Scheine. Natürlich würden die Münzen nicht für sämtliche Anrufe reichen. Wenn er Pech hatte, war *sein* Rehm einer der letzten.

Dann muß ich eben wechseln, dachte er, griff zum Hörer und begann.

Sofort nachdem er gewählt hatte, luchste er wieder zu Walterchen hinüber. Der hatte seinen komischen Hut nach hinten geschoben und arbeitete wie damals im Büro.

Niemand meldete sich. Der nächste Rehm hieß Adeline. Der dritte, ein Albert, hob sofort ab.

„Herr Rehm?"

„Ja."

„Nur eine Frage: Haben Sie eine Tochter namens Nina?"

„Sie spinnen wohl! Ich verabscheue Töchter."

Fischer unterbrach die Verbindung und rief Bernd Rehm an.

„Ja?" fragte eine schläfrige Stimme.

„Haben Sie eine Tochter namens Nina, Herr Rehm?"

„Nö. Meine Tochter heißt Susanne. Hat sie was angestellt?"

Beim zwölften Rehm gingen Fischer die Münzen aus. Er spähte zu Walterchen hinüber. Der pausierte gerade, nahm den Hut ab und fächelte sich Luft zu.

Täte auch mir gut! dachte Fischer. Erstmal rauche ich eine. Er klopfte seine Taschen ab und fand das zerdrückte Zigarettenpäckchen.

Dazu brauchte er Feuer. Aber nach dem Zündholzbriefchen suchte er vergeblich.

Es war in keiner Hosentasche, auch nicht in den Jackentaschen, nicht in der Tasche des Cordhemds – nirgendwo.

Verloren? Der Gedanke beunruhigte ihn.

Natürlich hatte er's verloren.

Beim Reinkletttern in die Villa? Beim Abstieg durchs Fenster? Oder dann im Garten?

Soweit er sich entsann, hatte er das Zündholzbriefchen in der linken Hosentasche gehabt, wo es immer steckte.

Das Briefchen war tomatenrot und mit Namen und Adresse

eines hiesigen Nachtclubs bedruckt. KARIBISCHE HÖLLE nannte sich der anrüchige Laden, wo hochprozentiger Rum *(Zuckerrohrschnaps)* mit nahezu jeder Flüssigkeit gemixt wurde.

Sogar mit Tinte und Läuseblut, wie die Bar-Liste scherzhaft behauptete.

Also verloren. Blöd! Denn – und das wußte er genau – auf der Innenseite der Klappe hatte er was notiert. Nichts Verräterisches, nein, aber immerhin den Termin bei seiner Kfz-Reparaturwerkstatt.

Egal! Diese Hals-, Nasen-, Ohren-Untersuchung für seine alte Karre nahm er sowieso nicht mehr wahr.

Er steckte die Zigaretten wieder ein.

Walterchen pausierte noch immer. Jedenfalls bog er an der Feder seines Hutes herum.

Fischer verließ die Telefonzelle. Seine Nerven spannten sich mehr und mehr, rissen aber nicht. Er lief zu einem Schnellimbiß, wo sich die Schnellesser drängten, und wechselte an der Kasse einen 20-Mark-Schein in telefonfähige Münzen um. Die Kassiererin maulte und meinte, sie sei kein Wechselautomat. Mit einem Zwei-Mark-Stück beruhigte er sie – soviel Großzügigkeit konnte er sich leisten angesichts des zu erwartenden Lösegelds.

Als er zurück eilte, war Walterchen wieder an der Arbeit, hob aber just den Kopf und entdeckte seinen Gönner.

„Bin schon bei 291", plärrte er durch die Halle.

Fischer winkte verhalten und verzog sich in den Fernsprechkäfig.

Weiter ging's!

„Rehm."

„Haben Sie eine Nina als Tochter?"

„Nein."

Knacks!

Er äugte zu Walterchen hin. Der fummelte am Koffer.

Komisch! Der Deckel ging nicht auf. Die Explosion fand nicht statt.

Wäre ja eine Gemeinheit, dachte Fischer, wenn der Koffer sich bei 999 öffnet – und die Bombe bei 998 gezündet wird. Hm. Wenn man hinten anfängt, sähe die Sache natürlich anders aus, wäre nämlich schon gelaufen.

Er wählte den nächsten Rehm an, ungefähr den 27., der Mann hieß Gunter mit Vornamen.

Fischer hörte, wie der Apparat dort läutete – einmal. Der Hörer wurde von der Gabel gerissen.

„Mike Rehm", knallte eine Stimme in den Draht.

„Nur eine Frage", sagte Fischer: „Gibt es bei Ihnen ein Mädchen namens Nina?"

„Jaaaaah", brüllte Mike. „Ja, natürlich. Meine Schwester ist das. Moment, bitte!" Er wandte sich ab.

Fischer hörte, wie er rief: „Gunter, da fragt jemand nach Locke".

Offenbar wechselte der Hörer in eine andere Hand.

Eine Männerstimme, die um eine Generation älter klang, sagte: „Gunter Rehm. Mit wem spreche ich?"

Endlich! dachte Fischer. Und ich habe noch Münzen übrig.

Er blickte zu Walterchen hinüber.

Eine Frau und ihr Dackel hatten die Bahnhofshalle betreten. Der Dackel lief frei, trollte zu Walterchen und beschnupperte ihn. Offenbar roch der Penner wie ein Stück Pansen aus dem Hundenapf. Aber die Frau rief, und der Hund folgte ihr.

„Meinen Namen lassen wir mal vorläufig weg", sagte Fischer. „Sprechen wir von dieser Nina. Ist das Ihre Tochter?"

„Meine Tochter heißt Nina und wird Locke genannt", Gunters Stimme knisterte. Besorgnis und Aufregung lassen sich nicht wegwischen wie Schweiß.

„Wie alt ist das Mädchen?"

„Vierzehn. Himmel, reden Sie doch! Was ist mit Locke? Wo ist sie? Wenn ihr was..."

„Langsam, Rehm", gebot Fischer, und er genoß das Oberwasser, auf dem er dahin glitt. „Ich frage, Sie antworten. Und so kommen wir weiter."

„Fragen Sie."

„Hat sie langes, braunes Haar, dunkle Augen und ein hübsches Gesicht?"

„Das trifft zu."

„Wie ist sie bekleidet?"

„Genau weiß ich das nicht. Ich schlief noch, als sie zur Schule fuhr. Seitdem habe ich sie nicht gesehen."

„Ein Schlüsselkind, aha! Na, sie sieht aus, als bekäme ihr das. Ich glaube, wir sprechen von derselben. Das Mädchen, das ich meine, trägt einen Poncho, Pullover, Cordjeans und Stiefel. Sie kann ziemlich pampig werden, selbst wenn ihr die Zähne klappern. Ihre Tochter ist also nicht zu Hause?"

„Mann, sagen Sie, was Sie wissen! Nein, meine Tochter ist nicht zu Hause. Wir sind in schrecklicher Aufregung. Ihr Mofa lag in der Einfahrt, ihr Hut vor der Garage. Was ist mit Lokke?"

Fischer lehnte sich an die Glastür und richtete den Blick auf Walterchen.

Aber dort geschah nichts Sensationelles.

„Ihre Tochter wurde gekidnappt", sagte Fischer. „Und nun denken Sie nicht, ich sei der Kidnapper. Mit der Sache habe ich nichts zu tun. Ich wurde nur zufällig Zeuge."

Gunter atmete vernehmlich. „Sie haben gesehen, wie sie entführt wurde?"

„Nein. Ich beobachtete, wie sie in ein Versteck gebracht wurde. Dort ist sie jetzt eingekerkert. Tolles Verlies – das muß ich schon sagen. Da gibt's kein Entkommen – und die Polizei würde sie in 100 Jahren nicht finden."

Gunter schluckte. „Wo ist Locke?"

„Langsam, Verehrtester! Erst müssen wir mal zum Geschäftlichen kommen."

„Sie sind doch auf meiner Seite. Sie sind doch kein Kidnapper. Sagen Sie, von wem sie entführt wurde!"

„Erstens kenne ich den Typ nicht. Zweitens versaue ich mir mein Geschäft nicht, Rehm. Ich sehe das so: Da ich zur Zeit ziemlich klamm bin, hätte ich nichts gegen eine Belohnung. Sie fahren die Kohle raus, und ich sage Ihnen, wo Ihre Tochter steckt. Klar?"

„Verstehe", sagte Gunter. „Wieviel wollen Sie?"

„Tja, ein so junges Menschenleben ist sicherlich unbezahlbar. Andererseits haben Menschenleben in der Dritten Welt einen Stellenwert wie Fliegendreck. Nehmen wir mal die goldene Mitte, denn ich bin ja nicht habgierig. 500 000 D-Mark – und Ihr Töchterchen ist wieder dabei."

Gunter bemühte sich um Gelassenheit.

„Für meine Tochter", sagte er, „würde ich alles geben. Was ich besitze – und den letzten Blutstropfen. Hätte ich 500 000 – sie gehörten Ihnen. Aber Sie scheinen mich falsch einzuschätzen. Ich bin Journalist. Das wird man aus Leidenschaft. Wollte ich mir eine goldene Nase verdienen, wäre das der falsche Beruf. Ich bin nicht vermögend. Woher, zum Teufel, soll ich das Geld nehmen?"

„Offenbar sind Sie auch ein schlauer Hund", meinte Fischer ärgerlich. „Appellieren *(eindringlich ansprechen)* Sie nicht an mein Mitleid. Ich lasse nicht mit mir handeln. 500 000 – oder Sie können schon mal den Nachruf für Ihre Tochter verfassen. Klar?"

„Verstehen Sie doch! Ich gebe Ihnen, was ich habe. Aber ich habe nichts. Mein ganzer Besitz ist das Haus, in dem wir wohnen – Nina, mein Sohn Mike und ich. Das Haus ist noch nicht abbezahlt."

„Das ist Ihr Problem, Rehm. Beschaffen Sie sich das Geld. Pumpen Sie Ihren Arbeitgeber an, verkaufen Sie Ihre Hütte, wenden Sie sich an Freunde! Bewegen Sie Ihren Hintern ein bißchen – schließlich ist sie ja Ihre Tochter und nicht meine. Es wäre wirklich schade um den hübschen Hasen. Noch was: Wenn Sie bei den Bullen was anleiern, dann läuft überhaupt nichts mehr. Dann haben Sie Ihre Tochter auf dem Gewissen. Ich ..."

„Moment! Sie ..."

Unterbrechen sie mich nicht!

BÜCHER
7

„Unterbrechen Sie mich nicht! Ich rufe morgen vormittag wieder an. Punkt elf Uhr. Entweder Sie sagen ja zu meinem Finderlohn und schnorren sich 500 Riesen zusammen. Oder ich vergesse die Sache, und die Kleine bleibt, wo sie ist. Das heißt, sie verhungert."

Gunter setzte zum Sprechen an. Sein Atem war bereits in der Leitung. Aber Fischer legte auf.

6. Ziegelsteine

Sie standen noch dicht neben Gunter – um mitzuhören: Tom, Helga, Mike. Sogar Nicki drängte sich zwischen sie.

Langsam legte Gunter den Hörer zurück.

Alle Gesichter waren blaß. Tom erinnerte sich als erster eines anderen Gefühls. Wut stieg ihm im Hals hoch – auch äußerlich – erreichte die Ohren und den Haaransatz. Dunkel pochte das Blut in den Schläfen.

Aber er sagte nichts. Nur seine Zähne knirschten, und er dachte: Wenn ich den Kerl erwische, bleibt nichts von ihm übrig.

„Mein Gott!" flüsterte Helga. „Also doch! Entführt! Hoffentlich ist sie gesund."

„Ich verstehe das nicht ganz", murmelte Mike. „Ist der Anrufer der Kidnapper? Oder hat er nur beobachtet, wie Locke eingesperrt wurde?"

„Dann gäbe es den wirklichen Kidnapper", sagte Gunter, „und wir müßten mit dessen Anruf rechnen. Der stellt natürlich auch seine Forderung. Folglich käme es darauf an, wer der erste ist."

Tom schob die Zungenspitze zwischen die Vorderzähne. Das Knirschen verstummte.

Während sie ins Wohnzimmer zurückgingen, sagte er: „Der Anrufer verhält sich wie ein Kidnapper. Er fordert eine halbe Million. Nichts unterscheidet ihn vom Entführer. Er hat sogar ausgesprochen, daß es ihm wurscht ist, ob Locke in ihrem Kerker umkommt. So ein Saukerl hat mit dem gleichen Strafmaß zu rechnen. Mir will's deshalb nicht in die grauen Zellen rein, weshalb er die Geschichte erfinden sollte. Aus Peinlichkeit? Der doch nicht! Um seine Identität *(Personengleichheit)* zu verschleiern? Dann hätte er nicht so lange gesülzt – und vor allem nicht mit unverstellter Stimme."

„Ich bin deiner Meinung", nickte Gunter.

„Setzen wir also voraus, daß er die Wahrheit sagt", fuhr

Tom fort. „Dann muß er sich doch ausrechnen, wie's weitergeht. Daß nämlich, wie du sagst, Gunter, der echte Kidnapper bei uns vorspricht und die Hand aufhält. Weil auch er ein bißchen Lösegeld will. Sagen wir: 500 000."

Gunter rieb mit dem Zeigefinger über seinen Schnauzbart. „Jeden Moment könnte der andere anrufen."

„Aber unser Mann hat den nächsten Kontakt auf morgen elf Uhr vertagt", sagte Mike. „Also weiß er, daß er Zeit hat. Daß ihn der andere – der echte Kidnapper – nicht stört."

„Weshalb stört der ihn nicht?" nickte Helga: „Hat unser Kidnapper ihn umgebracht? Oder anderweitig ausgeschaltet? Oder ist der Kidnapper verreist? Verreist jemand, wenn er gerade ein Lösegeld erpressen will?"

Eine Weile herrschte Schweigen.

Tom blickte durchs Terrassenfenster in den Garten. Die Sicht reichte nur bis zum Sonnenschirmständer. Der stand fast unmittelbar an der Hauswand.

„Geld", sagte Tom. „Wenn es um Lösegeld geht, Gunter, bist du das falsche Opfer. Wenn ein Kidnapper nicht völlig bescheuert ist, checkt er das vorher. Schließlich wimmelt es in der Stadt von berufsmäßigen Töchtern und Söhnen, die soviel Taschengeld haben wie Studienräte Gehalt. Da lohnt sich das Risiko, denn die Eltern sind flüssig. Du hast zwar vorhin gesagt, Gunter, daß ein Kidnapping nicht immer so logisch abläuft. Trotzdem drängt sich mir ein anderer Gedanke auf."

Er löste seinen Blick von der Schleimsuppe im Garten und beugte sich vor, um Nicki zu streicheln.

„Könnte es nicht sein, Leute, daß Locke nicht wegen Lösegeld entführt wurde? Daß der Täter gar nicht beabsichtigt, sie zum Rückkauf anzubieten. Daß er sich nicht bei dir melden wird, Gunter. Und daß unser Anrufer das weiß."

„Du meinst, es handelt sich um Rache. Und Lockes Verschwinden soll mich treffen. Oder ich soll gefügig gemacht werden. Man will mich benutzen für irgendwas – und damit ich spure, wird auf diese Weise Druck auf mich ausgeübt."

Tom nickte.

Gunter dachte nach.

Nicki winselte und sah Tom vorwurfsvoll an. Was ist los? hieß der Blick. Wieso gehen wir nicht gassi? Ist sowieso verdammt spät. Und das bißchen vorhin – das war doch nicht alles!

„An deinem Gedanken", sagte Gunter, „ist was dran. Theoretisch jedenfalls. Aber mir fällt nichts dazu ein. Natürlich habe ich Feinde. Himmel, wem bin ich nicht schon auf die Zehen getreten. Aber daß es mir der Bürgermeister, andere Rathaus-Typen, Parteivorsitzende, Spendenpolitiker, Naturfrevler und Umweltschänder auf diese Weise vergelten – nein, das glaube ich nicht. Rache steckt nicht dahinter."

„Fällt dir ein anderer Grund ein?" fragte Helga.

Gunter starrte vor sich hin. Langsam schüttelte er den Kopf.

Nicki stieß Tom mit der Schnauze an. Als der nicht reagierte, setzte er sich vor sein Frauchen. Gedankenverloren kraulte ihm Helga den Hals.

Innerlich war sie aufgewühlt. Die Angst um Locke brachte sie fast um den Verstand. Aber sie versuchte, sich nichts anmerken zu lassen. Es ging jetzt nicht um Empfindungen. Es ging um Taktik und klare Überlegung.

„Was tun wir?" Tom sah Gunter an.

„Keine Polizei. Ich gehe morgen früh zur Bank. Ich werde versuchen, unser Haus zu beleihen. Natürlich kriege ich keine 500 000 Mark, aber vielleicht die Hälfte. Vielleicht läßt der Saukerl doch mit sich reden – und ist mit weniger zufrieden. Außerdem kann ich bei meinem Verleger Vorschuß nehmen. Ich meine nicht bei der Zeitung, sondern bei meinem Buch-Verleger. Der hat, weiß Gott, genug an mir verdient und kann jetzt mal großzügig sein."

„Das wirst du nicht tun", sagte Helga energisch. „Mein Haus ist schuldenfrei. Und läßt sich hoch beleihen. Außerdem habe ich ein Sparkonto. Wenn wir alles zusammenwerfen, reicht es. Du brauchst nirgendwo Männchen zu machen."

Gunter sah sie an.

Helga erwiderte den Blick, aus dem ein kleines Lächeln wurde.

Ist schon irre, dachte Tom, wie sie zusammenhalten. Und nicht nur in Notzeiten, sondern immer. Habe ich nicht auch ein Sparkonto? Klar, 423 Mark kann ich beisteuern.

Ähnliches erwog Mike, als er sagte: „Auf euch beide, Helga und Gunter, kann man stolz sein. Es will was heißen, wenn unsereins das sagt. Mit kitschigen Gefühlen gehen wir nämlich vorsichtig um. Übrigens will mir Beppo Schnüffl meine Maschine abkaufen. Sagte ich das schon? Das bringt mindestens 7000. Mit denen bin ich dabei."

Helga streckte die Hand aus und drückte ihm den Arm.

„Ich gehe davon aus", sagte Gunter „daß wir dem Kidnapper das Geld wieder abnehmen. Aber erst wenn Locke zurück ist."

Helga strich sich über die Schläfen. Sie war nicht müde, aber seelisch erschöpft.

„Ist es euch recht", wandte sie sich an Gunter und Mike, „wenn wir heute nacht hier bleiben? Vielleicht kommt doch noch ein Anruf. Zu Hause würde ich nur rumwandern – und hier bin ich am Ball."

„Tom kann in Lockes Bett schlafen", nickte Gunter. „Mausi kennt ihn so gut, daß sie sich bestimmt nicht fürchtet."

Tom stand auf. „Aber erst gehe ich mit unserem Tiger gassi."

*

Fischer stand schon recht lange am Schnellimbiß. Drei Bier hatte er sich reingezogen, und jetzt meldete sich der Appetit. Er bestellte eine Curry-Wurst, stützte den Ellbogen auf die Theke und äugte zu Walterchen hinüber.

Dem ging allmählich die Luft aus. Zusehends langsamer fummelte er am Zahlenschloß herum. Vielleicht brauchte er ein Bier. Aber um keinen Preis hätte Fischer sich in seine Nähe gewagt. Schmolzen doch die Möglichkeiten mehr und mehr zusammen. Wie weit war er wohl jetzt?

Walterchen schien Gedanken zu lesen. Oder peinigte ihn Durst?

Plötzlich stemmte er sich hoch – mit dem Rücken an der Wand, nahm den Koffer am Griff und stiefelte heran.

Fischer brach der Schweiß aus.

Walterchen grinste. Den Koffer stellte er an der Theke ab.

„Bin bei 784. Gut, was? Aber jetzt muß ich erstmal die Arbeitslust ankurbeln. Wenn du mir ein Bier und einen Schnaps ausgibst, erzähle ich dir, wie das mit Charlotte war. Sie ist nämlich schuld an meinem Unglück, weil..."

„Später erzählst du mir das", fiel Fischer ihm ins Wort. „Erst machst du weiter. Und zwar", er senkte die Stimme und beugte sich seinem Ohr zu, „dort drüben, Mann! Vergiß nicht, daß ich den Koffer geklaut habe. Soll doch keiner sehen, was drin ist."

Walterchen begriff.

Fischer schob ihm das eigene Bierglas hin, ließ sich von der Bedienung eine kleine Flasche Schnaps geben und schickte den Penner zurück. Der war selig mit dem Schnaps.

Er setzte sich an dieselbe Stelle, gurgelte einen kräftigen Schluck durch die Kehle und machte sich wieder an seine Aufgabe.

Fischer schob das Glas weg, aus dem der Penner getrunken hatte, und bestellte ein neues Bier.

Ein Bahnpolizist durchquerte die Halle, neben ihm ein prächtiger Schäferhund; er ging bei Fuß. Der Polizist gähnte. Er wußte was Besseres als nächtlichen Dienst. Mißmutig musterte er die Leute, die am Schnellimbiß rumlungerten und beim Steh-Ausschank für Umsatz sorgten. Kein steckbrieflich Gesuchter schien dabei zu sein. Der Beamte ging weiter. Sein treuer Hund blickte zu ihm auf.

Fischer nippte am vierten Bier.

Er stierte in Walterchens Richtung, aber der Blick kehrte

sich nach innen. Offenen Auges begann er zu träumen. Was seine Sehnsucht ihm vorgaukelte, war in rosarotes Licht getaucht: Die spanische Südküste – vornehmlich die Gegend um Malaga, Terremolinos und Marbella. Einmal erst war er dort gewesen. Aber es hatte ihn begeistert. Dort zu leben und ordentlich auf den Pudding zu hauen – das mußte das Höchste sein. Sogar einen Freund hatte er dort – einen Ganoven namens Pedro.

Mit 500000 in der Tasche, dachte Fischer, könnte ich die Sau rauslassen. Was heißt – *könnte!* Tun werde ich's. Erst bei Rehm kassieren, dann rein in den nächsten Jet und ab nach Andalusien. Gebongt, Gottfried? Klar, Mann! Bist schon so gut wie unterwegs.

Sein getrübter Blick gewann die Scharfeinstellung zurück.

Bei Walterchen bewegte sich was.

Aha, er war's selbst, stand jetzt senkrecht, winkte wie wild und verbog sich nach rechts und nach links.

Hatte er Bauchschmerzen? Oder?

Jetzt sah er, daß der Koffer geöffnet war. Was Walterchen so bog und schüttelte, war eindeutig ein Lachanfall.

Hm. Explodieren kann nichts mehr. Aber weshalb lacht dieser Rad-ab-Heini? Natürlich weil er nicht weiß, daß das 'ne Bombe ist.

Fischer bezahlte und sockte hinüber.

Walterchen gluckste wie ein Goldfisch im Milchtopf.

„...hahahah...hat sich aber nicht gelohnt, dein Fischzug. Charlotte würde sich totlachen. Das heißt, sie kann Diebe nicht leiden. Deshalb bleibe ich auch sauber, was das betrifft. Falls du übrigens wissen möchtest, wer Charlotte ist..."

Fischer hörte nicht auf sein Geschwafel.

Fassungslos starrte er auf den Inhalt des Koffers.

Weshalb der so schwer war, lag jetzt zu Tage.

Er enthielt Ziegelsteine, nichts als Ziegelsteine. Keine Spur von einer Bombe.

Fischer bückte sich.

Hahahahaha

„...hat sie dann gesagt, die Charlotte, daß sie ihr Herz einem andern, einem gewissen Hanspeter Pürzel, geschenkt hat und deshalb..."

Walterchen hatte die Hände gefaltet und redete mit zitternder Stimme. Fischer hörte die Worte, nahm aber den Sinn nicht auf. Einen Dreck interessierte ihn das.

Stein um Stein schichtete er neben den Koffer. Roter Ziegelstaub bedeckte den Boden.

Fischer tastete das Stoff-Futter des Koffers ab.

Nirgendwo war ein Schlüssel.

„...habe ich nicht verkraftet", griente Walterchen, „verstehst du? Es hat meine Seele zerhackt und meine Leber entkräftet. Den letzten Atemhauch hätte ich für sie gegeben. Aber sie hat diesen..."

Jetzt joggt meine Kopflaus! dachte Fischer. Dieser Willek ist ja der schärfste Brutalo! Keine Bombe, gewiß. Aber was für ein grausames Spiel! Das Mädchen hätte die letzte Stufe der Verzweiflung erreicht. Dann wäre sie dem Koffer zuleibe gerückt. Selbstmörderisch, aber mit immerhin einer Chance – wie sie geglaubt hätte. Wäre sie gestorben vor Angst? Sicherlich. Und dann – kein Rums, sondern der Koffer öffnet sich. Bei... Ah, bei 888. Und sie sieht Ziegelsteine. Ziegelsteine, und keinen Schlüssel. Die letzte Hoffnung ist weg. Brutal, brutal. Na schön! Seine Sache, ihre Sache. Mir soll's egal sein. Ich hole mir 500000 und mache 'ne Mücke.

„...deshalb werde ich Charlotte lieben bis an mein Ende", schloß Walterchen seine Liebeserzählung. „Sollte ich sie überleben, werde ich ihr Grab pflegen – und täglich mit meinen Tränen begießen."

Fischer schloß den Reißverschluß seiner Jacke bis zum Kinn.

„Das war's, du Filzlaus. Sag mal, wolltest du mir nicht von deiner Charlotte berichten?"

Walterchen glotzte. „Habe ich doch eben."

„Wirklich? Hab' kein Wort gehört. Dabei bin ich ganz wild

drauf, endlich von ihr zu hören. Das ist doch die Schnepfe, die an deinem Unglück schuld ist."

„Ja. Ist sie. Aber sie ist keine Schnepfe. Sie war mein Täubchen."

„Stell dir vor, sie wäre ein Suppenhuhn. Dann kannst du sie dir aus der Seele reißen."

Er drehte sich umd sohlte zum Ausgang, hinaus in den schmutzig-grauen Nebel.

In Spanien, dachte er, strahlt jetzt die Sonne – und bald bin ich dort.

7. Yussef bringt Dollars

Tom hakte seinen Hund an die Lederleine und schloß die Haustür hinter sich.

Der Nebel war noch dichter geworden. Tröpfchen schlugen sich auf Toms Pullover ab. Sie traten auf die Straße, wo kein Laut und kein Licht war. Wie Watte verstopfte der Nebel die Ohren.

Tom fühlte sich aufgewühlt bis in den empfindlichsten Winkel des Magens. Verschiedene Empfindungen stritten gegeneinander: die Angst um Locke, Wut auf den oder die Täter, Verdrossenheit, weil er nichts tun konnte.

Hoffentlich, dachte er, ist sie unversehrt – und hat nicht zuviel Furcht. Eingekerkert in einem tollen Verlies! Was soll das heißen? Ist sie in einem Kellerraum? In einem ehemaligen Gefängnis? Oder sie friert? Kriegt sie was zu essen?

Nicki zog ihn in dieselbe Richtung wie vorhin. Tom gab die Leine frei und stolperte hinterher. Sein ungestümer Vierbeiner schnüffelte und zerrte. Sie tauchten in den Nebel. Tom fiel in Trab, und Nicki sorgte dafür, daß die Leine nicht durchhing.

Sie erreichten die Stelle, wo der Wagen des Entführers geparkt hatte.

Nicki beschnupperte den Ölfleck, aber dann erlosch sein Interesse.

War bei Frau Müller drüben noch Licht? Er sah nichts, was aber am Nebel lag. Im übrigen war das ohne Belang.

Offenbar hatte Nicki Goliaths Spur aufgenommen. Er belferte leise. Der bonbonfarbene Pudel war sein Freund. Allerdings kannten sie sich nur durch die Zaunlatten.

Sie trabten stadtauswärts. Niemand begegnete ihnen. Nicki schnüffelte nicht mehr. Er genoß den Lauf. Etliche Kilometer joggten sie täglich zusammen. Das Programm war auch heute schon erfüllt worden und für den Abend nur die gemütliche Schnüffelrunde vorgesehen. Aber wenn Tempo angesagt ist, kann Nicki nicht genug bekommen.

Sie kamen an einer Querstraße vorbei, dann an der zweiten.

Jetzt könnten wir umkehren, dachte Tom. Aber Nicki zog ihn weiter bis zur fünften.

An der Einmündung zur Birken-Allee beschnüffelte er einen Eckstein.

Tom kannte die Straße, fuhr – wenn er Locke heimgebracht hatte – oft hier entlang. Die verwilderten Grundstücke faszinierten ihn. Alte Villen waren ihm lieber als moderne Architektur-Monster. Besonders für Nr. 17, für das Haus mit den Spitzgiebeln und Türmchen, hatte er eine Zuneigung entwickelt. Schade, daß es jetzt verkauft werden sollte und nicht erst in zehn oder zwanzig Jahren. Dann hätte er sich dafür interessiert und – wie er hoffnungsfroh dachte – auch die nötige Kohle für den Erwerb aufgebracht.

Nicki trabte weiter.

„Aber nur bis zum Herrschaftshaus", sagte Tom. So hatte er Nr. 17 getauft.

Ein schwacher Abgasgeruch hing in der Luft. Sie kamen an parkenden Fahrzeugen vorbei, die sich an 100jährige Gartenmauern oder an schmiedeeiserne Zäune quetschten. Einige Wagen hatten die Parkleuchte eingeschaltet. Andere vertrauten lichtlos darauf, daß kein Raser sie rammte.

Sie erreichten Nr. 17. Nicki stoppte am Gittertor. Er schnüffelte eifrig, pinkelte an den linken Pfeiler, schnüffelte weiter und begann leise zu winseln.

„Fehlanzeige", sagte Tom. „Hier gibt's keine Hündin, du Affe. Nur ein leeres Haus, das verkauft werden soll."

Nicki scharrte am Boden. Dann richtete er sich am Tor auf und stemmte die harten Pfoten auf eine Querverstrebung. Seine wölfischen Augen spähten in den Garten.

Ein Windhauch kam vom Westfriedhof her, teilte den Nebel und drehte Spiralen. Der Blick reichte bis zum Haus.

Nanu? dachte Tom. Wo ist denn das Schild?

Seit Wochen hatte es im Farnkraut gestanden: IMMOBILIEN WILLEK.

Jetzt war es verschwunden.

Aha! dachte Tom. Verkauft! Und die neuen Leute haben einen Hund. Nein, eine Hündin. Scheint ja eine schnuckelige Mieze zu sein, die vierbeinige Tussi. Nicki flippte regelrecht aus. Heh, Hund! nun aber langsam!

Doch Nicki benahm sich wie toll. Er winselte, als bringe er ein Ständchen. Seine Vorderpfoten trommelten ans Gittertor. Es zitterte und klirrte. Tom mußte seinen Vierbeiner zurückzerren, was einer schwerathletischen Jahresbestleistung gleichkommt.

„Ist ja gut, ist ja gut! Vielleicht triffst du sie mal. Nicki, komm jetzt! Verdammt! Die Hundedame schläft doch längst."

Nur mit Mühe konnte er Nicki zum Rückzug bewegen. Mit eingekniffener Rute trollte er neben ihm her. Alle paar Schritte blieb er stehen und sah zurück.

So närrisch hatte Tom seinen Hund noch nie erlebt.

*

Auch diese Nacht ging zu Ende. Der Morgen kam bald. Über der Costa del Sol ging die Sonne auf. Goldglanz überzog das Mittelmeer vor der Küste.

Ferdinand Lappmann, Lappe genannt, rasierte sich, duschte und mußte sich ein Handtuch um die Hüften schlingen, als der Zimmerkellner klingelte. Er brachte das Frühstück: Kaffee, Orangensaft, das weichgekochte Ei, Konfitüre – die Lappmann nie anrührte –, Butter mit zurückliegendem Verfallsdatum – was auch in Luxusschuppen vorkommt – und dickes Semmelgebäck, süße Hörnchen und den berüchtigten Sandkuchen, der rund ums Mittelmeer die Hotelgäste zum Frühstück beglückte. Keiner mag ihn – von Zypern, über Tunesien bis Isla Cristina, das bekanntlich gerade noch zu Spanien gehört. Aber der Sandkuchen behauptete sich. Eher geht das Mittelmeer unter.

Lappmann hatte schon gepackt. Er frühstückte in Ruhe. Trotzdem war er der erste an der Reception.

Er bezahlte seine Rechnung und fragte den Empfangschef, ob es sich bei dem Herrn in A 34 um seinen ehemaligen Sportsfreund Jean Leluc handele. Leider habe er ihn gestern nur von fern gesehen.

„Nein, Sie", erklärte der Spanier. „In A34 wohnt Mr. Ray Cohen."

„Bitte, rufen Sie mir ein Taxi." Er gab ein Trinkgeld.

Der Spanier dankte, winkte dem Hoteldiener und griff zum Telefon, um das Taxi zu bestellen.

Lappmann wartete vor dem Portal. Es war angenehm warm, obwohl sich der Himmel etwas grau färbte.

Trotzdem, dachte er, kein Vergleich mit dem Novembergrau im nördlichen Europa. Was soll's! Erst verwische ich meine Spuren, damit die Wüstensöhne nicht ihr Mütchen an mir kühlen. Dann ab nach Hause, ins traute deutsche Land.

Dort hatte er Freunde, die vom gleichen Kaliber waren. Einer dieser Freunde hieß Otto Willek, war Immobilien-Makler und ein verquerer Charakter.

Das Taxi kam. Der Fahrer sprach weder englisch noch deutsch, begriff aber, wohin es gehen sollte, als Lappmann die Arme zur Seite streckte, wie ein Düsen-Jet brummte und einmal ums Taxi kurvte.

Sie rasten über die Küstenstraße. Das Meer schäumte am Strand, an dem nur wenige Spaziergänger wateten. Noch vor acht Wochen hatte sich hier ein Sonnenbrand an den andern gereiht, und alle nackten Häute zusammen hätten sicherlich das halbe Land bedeckt. Jetzt war auch hier November, und die Palmen bogen sich im Herbstwind.

Nach knapp einer Stunde erreichten sie Malaga und den Flughafen.

Lappmann hatte keinen Flug gebucht. Daß er sich hierher bringen ließ, war ein Täuschungsmanöver. Scheich Dschellaba sollte glauben, er habe das Land verlassen.

Sie werden Cohen vermöbeln, dachte Lappmann. Aber irgendwann kommt der zu Wort. Wann? Bald? Gleich? Dann checkt der Araberfürst, daß ich ihn reingelegt habe. Hahaha! Oder: Au Backe! Ist der so rachsüchtig wie seine Vorfahren aus der Wüste? Jedenfalls braucht er nicht zu wissen, wo ich verbleibe. Aber wenn ich andere Papiere hätte – mit 'nem anderen Namen: Mann, das wäre *die* Wohltat. Und 'ne Hauptsorge weniger.

Er entlohnte den Fahrer, nahm seinen Koffer und ging in das Gebäude. Er suchte sich ein Telefon, stellte den Koffer zwischen die Beine und sah auf die Uhr.

Wann ging der nächste Flug nach Zürich, Frankfurt, München oder Düsseldorf? Aha! Er überschlug den Zeitplan. Alles mußte passen. Die Wüstensöhne sollten glauben, er hätte sich per Jet verkrümelt.

Er legte Münzen bereit und rief Dschellaba an – in dessen Residenz.

Nach einem mittleren Maß an Hin und Her und Mißverständnissen kam der Scheich selbst ans Rohr.

„Ich bin's", sagte Lappmann. „Sie entsinnen sich, ja? Schikken Sie Ihren Sekretär Yussef zum Malaga-Airport. Mit dem Geld. Mit 50 000 Dollar. Er soll allein kommen. Ich warte vor der Paß-Kontrolle. Sobald ich das Geld habe, sage ich Ihnen am Telefon, wer der Mann ist und wo Sie ihn finden."

Dschellaba grunzte, als hätte er den Mund voller Schweinefleisch. Aber es klang zustimmend, und die Verbindung wurde unterbrochen.

Lappmann nahm seinen Koffer und wanderte umher. Er war nervös. Immer wieder tupfte er sich Schweiß von der Stirn.

Zur Zeit war keine Saison. Dennoch wurlten hier Fluggäste zu Hunderten durcheinander. Die Billig-Flüge aus allen Ländern Europas standen auf dem Programm, und an der Costa del Sol ist immer was los.

Nach 46 Minuten hielt ein weißer Rolls Royce vor dem Flughafen.

Yussef stieg aus.

Lappmann kannte ihn von Fotos – und aus dem Nachtclub REGINE'S, wo er heimlich die Aufnahmen gemacht hatte.

Yussef war ein hochgewachsener Araber mit Habichtsnase und olivfarbener Haut. Er hatte böse, harte Augen und einen stacheligen Schnurrbart. Gekleidet war er nach Pariser Manager-Schick – nur etwas bunter. Und natürlich hing überall Gold an ihm – jedenfalls an Fingern und Handgelenken.

Er trug einen Aktenkoffer aus schwarzem Leder, kam herein und schritt durch die Menge zur Paß-Kontrolle.

Lappmann trat ihm entgegen und blieb stehen.

Sie musterten sich.

Der Araber senkte die Mundwinkel, als hätte man ihm ein Gerippe als Renn-Kamel angeboten – oder einen Mittelklassewagen zum täglichen Gebrauch.

„Scheich Dschellaba schickt mir 50 000 Dollar", sagte Lappmann auf englisch.

Yussef beugte sich vor. Blitzschnell griff er nach dem Namensanhänger, der an Lappmanns Koffergriff hing. Mit einem Ruck riß er ihn ab.

„Sie verzeihen. Aber mein Gebieter weiß gern, mit wem er zu tun hat."

Verdammt! Lappmann hätte sich ohrfeigen können. Auf dem Anhängerschild stand sein voller Name und die Heimat-Adresse – sein fester Wohnsitz in jener deutschen Großstadt, wo auch Otto Willek seine Firma hatte.

„Aber gern!" grinste er. „Falls Sie nicht lesen können – irgendwer in Scheich Dschellabas Gefolge hat sicherlich eine Schule besucht."

In Yussefs Augen glommen Ölfackeln auf. „Hüten Sie Ihre Zunge...", er sah auf den Anhänger, „Läppmän. Sie könnten Sie verlieren. In manchen Ländern gab es früher viele Leute, die keine Zunge mehr besaßen. Eine barbarische Strafe. Aber die Erinnerung ist noch lebendig in manchen Köpfen."

„In Köpfen, die sonst nichts enthalten", nickte Lappmann. „Zeigen Sie das Geld."

Sie traten beiseite. In einem Winkel der Halle stellte sich Lappmann vor den Aktenkoffer und öffnete den Deckel. Dollars! Na, also! 50 Bündel á 1000 Dollar. Es waren 20er-, 50er- und 100er-Noten. Eine sympathische Stückelung.

Er zählte nicht nach.

„Ich nehme an, es stimmt. Irgendeiner, der zählen kann, ist sicherlich in Scheich Dschellabas Gefolge."

„Ich habe Angst um Ihre Zunge", sagte Yussef.

Und ich um mein Leben, dachte Lappmann. Aber das wirst du mir nicht anmerken, Kakao-Haut.

„Viel Geld für Sie, was?" erkundigte sich Yussef. „Für uns nur ein Trinkgeld. Aber Ratten müssen bescheiden sein."

„Wüstenratten", nickte Lappmann. „Zur Zeit sind sie unbescheiden. Das wird sich wieder ändern, wenn die Salate nur noch mit Essig angemacht werden."

Wieder eine Beleidigung! dachte er. Aber darauf kommt's nicht mehr an.

Yussefs rechte Hand war zur Klaue gekrümmt. Er legte die Hand auf den Rücken.

„Ans Telefon, Läppmän", sagte er ruhig.

Als Lappmann den Hörer ans Ohr nahm, blieb Yussef neben ihm stehen.

Offenbar hatte Dschellaba gewartet. Er meldete sich sofort.

„Der Mann heißt Ray Cohen", sagte Lappmann. „Er wohnt im Puente Romano, Zimmer A34. Wenn Sie ihn gleich schnappen, hat er Film und Kamera noch bei sich. Den Film werden Sie sicherlich entwickeln lassen – und mir dann im Nachhinein dankbar sein. Und", er zögerte, „lassen Sie sich nicht von den Lügen Cohens beirren."

Dschellaba grunzte. „Wo ist Yussef?"

„Er steht neben mir."

Offenbar genügte das. Dschellaba legte auf.

Yussef sagte: „Wenn Ihre Angaben nicht stimmen, kommt Ärger auf Sie zu. Nichts und niemand könnte dann Ihre Zunge retten."

„Jedes Wort stimmt."

Der Araber machte eine unbestimmte Geste. „Sie reisen ab?"

„Auch der schönste Urlaub geht mal zu Ende."

„Sie fliegen nach Hause?"

Lappmann grinste. „So fragt man Leute aus. Was werdet ihr mit Cohen machen? Ihn umbringen?"

Yussef blickte verächtlich. „Wir sind keine Mörder. Allerdings werden wir ihn auch nicht der Polizei übergeben. Sondern die Sache so regeln, wie es bei uns üblich ist. Dieser Cohen wird soviele Stockhiebe erhalten, wie anhand der Fotos zusammenkommt. Eine milde Strafe für einen Erpresser."

„Es beruhigt mich, daß er seine Zunge behalten darf."
„Geben Sie auf Ihre acht."
Der Araber drehte sich um und ging hinaus.
Lappmann sah, wie er in den Rolls Royce stieg und abfuhr.
Er preßte den Geldkoffer an sich. Das war ein Geschäft! Umgerechnet hatte er fast 150 000 Mark verdient – nur weil er hier, unter Palmen, einem Straßenräuber begegnet war.
Er grinste. Mit einem Hieb, Cohen, dachte er, hast du mich flach gelegt. Jetzt kriegst du viele zurück. Und nicht ich bin's, der den Stock dabei schwingt und sich die Hände besudelt. Unsere braunen Freunde übernehmen das.
Er wartete noch einen Moment, um ganz sicher zu gehen. Dann verließ er den Flughafen und stieg in ein Taxi.

8. Bosheit am Telefon

Alle hatten wenig geschlafen.

Die Sorge um Locke entzog den Gesichtern das Blut.

Helga war blaß, Gunter war blaß, Mike wirkte nicht wie ein strahlender Sonnyboy, sondern abgewrackt. Tom arbeitete noch die Alpträume auf, die ihn nachts heimgesucht hatten.

Die Pflichten, die sonst den Tag ausgefüllt hätten, wurden gestrichen.

Helga teilte ihrer Helferin telefonisch mit, daß die Conradische Tierarzt-Praxis heute geschlossen bleibe. Ohne Angabe von Gründen.

Gunter rief im Pressehaus an und meldete sich ab, was dort einer mittleren Katastrophe gleichkam.

Tom und Mike schwänzten den Unterricht.

Irgendwas ist! dachte Tom. Aber was? Himmel, ich spüre es doch. Das kann nicht nur Nervosität sein. Ich fühle mich fehlerhaft – als hätte ich einen gemacht. Was habe ich verpfuscht? Was habe ich übersehen?

Er stützte den Kopf in die Hände, trank dann die fünfte Tasse Tee und grübelte. Aber seine grauen Zellen machten blau, verweigerten jedenfalls die Gefolgschaft.

„Denkst du nach?" fragte Mike.

„Ja. Aber es bringt nichts."

Sie waren allein im Haus.

Gunter und Mike rotierten, hatten sich jedenfalls abgeseilt zu den Geldinstituten, denen sie seit Jahren ihre Einnahmen anvertrauten.

Lebenswichtige Gespräche standen an. Irgendwie mußte das Lösegeld für Locke beschafft werden. Eine halbe Million.

„Eine halbe Million", murmelte Tom und rührte in seiner Teetasse, obwohl er niemals Zucker nahm. „Ist auch nicht mehr das wie im Jahre 1900. Aber immer noch viel."

„Wer zur Jahrhundertwende eine halbe Million besaß, war unermeßlich reich", nickte Mike. „Seitdem ist die Kaufkraft verfallen. Naja! Tarife *(vorgeschriebene Mindestlöhne)* für Kidnapper gibt's Gott-sei-Dank! noch nicht."

Gunters Saab kurvte in die Einfahrt.

Helga und der Hausherr kamen herein.

Sie strahlten zwar nicht, aber Toms Mutter war nicht mehr ganz so blaß.

Gunter hatte offensichtlich eine der – kleineren – Sorgen erledigt.

„Wahnsinn!" Er stellte einen schwarzledernen Aktenkoffer auf den Boden. „Bei den Banken dachten sie erst, wir hätten Tollwut im Gehirn. Aber dann haben wir wenigstens den beiden Direktoren klargemacht, wie nötig der Notfall ist."

Mike deutete auf den Aktenkoffer. „Sind da 500 000 deutsche Mark drin?"

„Auf den Pfennig genau", nickte Gunter. „Mit 220 000 ist jetzt unser Gemäuer beliehen, Mike. Helga hat über die Hälfte aufgebracht. Hat ihr Sparkonto leergeräumt und außerdem... Es ist zum Ko... Koste es, was es wolle, haben wir uns gesagt. Sobald Locke zurück ist, nehmen wir uns den Kidnapper vor. Das Geld holen wir zurück."

„Helga", sagte Mike. „Du bist in jeder Beziehung einmalig. Sogar als Stiefmutter."

Helga knuffte ihn und sah dann zur Uhr. „Fünf vor elf. Ob der Kerl pünktlich anruft?"

Tom beobachtete den Sekundenzeiger seiner Armbanduhr. Noch nie hatte der so langsam die Runde gemacht. Auf jedem Sekundenzeichen schien er sich auszuruhen.

11.00 Uhr.

Die antiquarische Bauernuhr im Obergeschoß schlug. Aber sie ging eine Stunde nach und begnügte sich mit zehn Schlägen.

Zu viert umlagerten sie das Telefon.

Gunters rechte Hand lag griffbereit auf dem Oberschenkel.

Jetzt, dachte Tom, kommt's darauf an. Was wird er sagen, der Kerl? Himmel, warum tickt bei mir eine Bombe im Hinterkopf? Was habe ich übersehen, vergessen, nicht bemerkt, falsch verstanden? Da war was! Bestimmt!

Das Telefon klingelte.

Gunter zwang sich, zweimal tief auszuatmen. Erst dann griff er zum Hörer.

„Rehm."

Sie umringten ihn dicht. Drei zusätzliche Lauschohren schoben sich in Hörernähe.

„Ich bin's", sagte der Erpresser. „Bei mir ist es elf. Also melde ich mich wie angekündigt. Wieviele Bullen stehen neben Ihnen?"

„Glauben Sie mir: Wir haben die Polizei nicht verständigt."

„Das wäre auch übel für Ihre Tochter. Wenn mir irgendwelche Bullen nahekommen, passiert ihr Schreckliches."

Gunter schwieg.

„Haben Sie das Geld?"

„Ich habe es beschafft. Ein Koffer mit 500 000 Mark ist hier."

„Sehr schön, dann..."

„Jetzt bin ich an der Reihe", sagte Gunter. „Sie wollen eine halbe Million. Wir wollen wissen, ob Sie ehrlich sind – im Hinblick auf den Menschenhandel, den wir jetzt abwickeln."

„Was heißt das?" schnappte der Kerl.

„Beweisen Sie uns, daß meine Tochter in Ihrer Gewalt ist. Beweisen Sie, daß es sich um keinen Bluff handelt. Es wäre ja möglich, daß Sie die Entführung nur beobachtet haben. Zufällig hörten Sie, daß sich die Kidnapper Zeit lassen wollen. Dann würden Sie das Lösegeld kassieren für nichts. Und wir stünden mit leeren Händen da, wenn sich die echten Kidnapper melden."

„Unsinn! Ich allein habe es in der Hand, ob sie freikommt oder im Verlies ihr junges Leben aushaucht."

„Beweise, Mann! Wir müssen wissen, daß wir das Geld nicht für andere – für die wirklichen Kidnapper – brauchen."

„Beweise, Beweise! Quatsch! Soll ich ihr vielleicht 'ne Locke abschneiden und Ihnen vorbeibringen."

„Meine Tochter hat keine Locken."

„Was? Ah, ja! Hat glattes Haar. Stimmt. Aber so eine dicke Matte *(Mähne)*, daß es wie Locken wirkt."

„Sie können mir den Beweis liefern", sagte Gunter. „Wenn Sie ihr Fragen vorlegen, die ich Ihnen stelle. Aus den Antworten ersehe ich, ob Sie mit meiner Tochter gesprochen haben. Oder ob Sie uns ablinken wollen."

„Wenn das ein Trick ist, Rehm..."

„Kein Trick", fiel Gunter ihm ins Wort. „Nur eine winzige Sicherheit für uns."

Der Kerl schien zu überlegen. Es dauerte eine Weile. Die Befürchtung, man könnte seine Klingelbüchse *(Telefon)* ausfindig machen, quälte ihn offenbar nicht.

Das hieß, er benutzte eine Telefonzelle. Bevor dort ein Streifenwagen anbrauste, war er allemal verduftet.

„Also", meinte er ärgerlich, „was soll ich fragen?"

„Was für ein Haustier hat Nina? Wie heißt es? Was frißt es am liebsten? Wie heißt der Hund unserer Großmutter? Wie die Katze von Ninas Freund? Mitgekommen?"

Der Kerl wiederholte die Fragen.

„Natürlich wäre es viel einfacher", sagte Gunter, „wenn Sie Nina ans Telefon holten. Dann..."

„Kommt nicht in Frage", wurde er abgeschmettert. „Geht auch gar nicht."

Der Erpresser unterbrach die Verbindung.

„Sehr gut!" sagte Helga. „Um die Fragen ohne Rücksprache mit Locke zu beantworten, müßte er ein Freund des Hauses sein. Oder er hätte hier alles so genau ausgekundschaftet, daß ihm die Entführung vergangen wäre. Wegen Mangel an Lösegeld."

Das Warten wurde zur Qual.

Wieder beobachtete Tom den Sekundenzeiger.

22 Minuten vergingen.

Als der Erpresser sich meldete, klang seine Stimme aufgekratzt.

„Ihrer Tochter", sagte er, „geht's noch ganz gut. Seien Sie froh, daß der Nebel genau so dicht ist wie gestern. Sonst hätte ich sie dort nicht besuchen können, wo sie jetzt ist."

„Und?" fragte Gunter heiser.

„Also, sie hat einen Hamster als Haustier. Er heißt Klodwig und frißt am liebsten hartgekochte Eier. Der Hund der Großmutter wird Hasso gerufen. Die Katze des Freundes hört auf Mickey. Mitbekommen?"

Gunter verfärbte sich. „Alles ist falsch. Sie... wollen mich verarschen!"

„Das war ein Schreck, was? Klar, Mann, verarsche ich Sie! Ist nämlich kein Vergnügen, sich bei der Nebelbrühe auf die Socken zu machen. Dafür mußte ich Ihnen ein Ding verplätten. Aus Rache, Rehm."

„Haben Sie mit Locke gesprochen?"

„Habe ich. Ihre weiße Maus heißt Helena. Oder Mausi. Sie frißt am liebsten Haferflocken. Die Großmutter hat keinen Hund, sondern eine Katze: Frau Holle. Der Freund hat keine Katze, sondern einen Hund namens Nicki."

„In Ordnung", sagte Gunter.

„Ihre Tochter sagt, Brüderchen Mike sei 19."

„Ja."

„Wie ist er: Dusselig oder selbständig? Kann er allein reisen, oder braucht er väterlichen Beistand?"

Mike stieß wütend Luft durch die Zähne und kniff die Lider zusammen.

„Mein Sohn ist sehr intelligent und absolut selbständig. Wohin soll er reisen?"

„Er hat nicht mehr viel Zeit. Seine Maschine geht um 14.05 Uhr. Am Schalter der Swissair *(Schweizer Fluggesellschaft)* liegt sein Flugschein bereit. Ich habe mir erlaubt, telefonisch zu buchen. Bezahlt ist natürlich nichts. Das übernehmen Sie selbst. Aber aus eigener Tasche, verstanden! Nicht etwa von meinen 500 000! Ich habe gebucht auf den Namen Rehm. Nicht auf meinen. Hahaha!"

O weh! dachte Tom. Es geht ins Ausland. Dieser ausgekochte Schweinehund! Soll Mike dort das Geld übergeben?

„Die Reise führt nach Spanien", erläuterte der Erpresser. „Nach Malaga – per Direktflug. Ihr Sohn soll im Hotel Carambolo absteigen. Dort wird sich mein Partner mit ihm in Verbindung setzen. Ach, so! Das Wichtigste! Selbstverständlich bringt Ihr Sohnemann das Geld mit. Aber nicht im Handgepäck, sondern in einem Koffer, den er als Reisegepäck aufgibt. Eine Million zu eins, daß sich keiner vom Zoll darum kümmert. Außerdem unterliegt Fremdwährung keiner Einfuhrbeschränkung. Allerdings müßte er sie deklarieren."

„Also erfolgt die Geldübergabe in Malaga?"

„Dort oder irgendwo in Südspanien. Mein Partner wird entscheiden, was für uns am sichersten ist."

„Wann sagen Sie uns, wo Locke ist?"

„Sobald mein Partner das Geld hat, ruft er mich an. Ich rufe Sie an, und die Familienzusammenführung kann stattfinden. Noch Fragen?"

„Keine, die Sie beantworten würden."

„Dann wünsche ich Ihrem Sohn einen guten Flug."

Es knackte in der Leitung. Er hatte aufgelegt.

„Er ist schlau", sagte Mike, „hinterhältig und grausam. Hat er in Malaga einen Komplicen? Oder sitzt er etwa mit mir in der selben Maschine?"

„Beides ist möglich", murmelte Gunter. „Halt die Augen offen, aber zeig keinen Argwohn! Wir bringen dich zum Flughafen. Ruf uns sofort an, sobald du im Hotel bist. Und gib deine Nummer durch, damit wir dich jederzeit erreichen können."

Mike stand auf. „Ich packe noch rasch."

Gunter griff nach dem Geldkoffer. „Ich weiß nicht, ob es was bringt. Aber wir sollten einige Scheine kennzeichnen. Ganz unauffällig. Mit Zahlen am Rand. Ist ja schließlich keine Seltenheit, daß jemand einen Hunderter benutzt, um sich eine Rufnummer zu notieren."

Er öffnete den Aktenkoffer.

Sie beschrifteten diesen und jenen Hunderter am Rand. Mit klitzekleiner Schrift. Auf einem Blatt notierte jeder seine Kennzeichnung.

Tom wählte zwölf Hunderter und zehn Fünfziger aus, die er dann in die Geldbündel zurückschob.

Tolles Verlies! dachte er. So hat er sich ausgedrückt, der Schweinehund. Locke ist in einem tollen Verlies. Irgendwas klingelt doch zwischen meinen Ohren. Wieso kommt der Witz nicht ans Licht?

„Jedenfalls", sagte er, „haben wir jetzt einen Namen für den Unbekannten: Klodwig. Einverstanden?"

Gunter nickte.

Helga sagte: „Du sprichst das so knackig aus. Wie mit K. Aber es schreibt sich mit Ch. Chlodwig war ein fränkischer König. Für diesen gemeinen Verbrecher ist der Name zu schade. Der Typ hat weder was Königliches an sich noch was Fränkisches. Dann schon lieber Hasso."

„Vorsorglich melde ich Bedenken an im Namen der Hunde", meinte Tom. „Aber – meinetwegen!"

9. Mit dem Dolch im Ärmel

Ray Cohen lag am Strand. Er hatte sich abgesondert von den anderen Hotelgästen und seine Liege im Schatten einer Palme aufgestellt.

Das Thermometer zeigte immerhin 26 Grad an. Im Meerwasser hatte man 18 Grad gemessen. Einige abgehärtete Typen schwammen oder plantschten. Aber der Gangster gehörte nicht zu ihnen.

Auf einen Ellbogen gestützt, blickte er den Strand entlang. Der Blick reichte kilometerweit – im Westen bis zum mondänen Jachthafen Puerto Banus, im Osten bis hinter die Skyline *(gegen den Himmel sich abzeichnende Linie von Hochhäusern)* von Marbella.

Cohen musterte die jüngeren Männer, die am Ufer entlang wanderten, beziehungsweise in der Sonne lagen.

War der Typ dabei, den er letzte Nacht beraubt hatte?

Er entdeckte ihn nicht.

Nach einer Weile gab er auf, ließ sich zurücksinken und schloß die Augen.

100 000 Peseten hatte er bei seinem Überfall erbeutet. Aber die waren schnell verbraucht. Also mußte er in der kommenden Nacht für Bares sorgen. Es war zweckmäßig, schon jetzt nach einem Opfer zu suchen.

Er dachte an die Handgelenk-Kamera, die er dem Mann abgenommen hatte. Sie lag in seinem A 34-Apartment. Es hätte komisch ausgesehen, mit zwei Uhren rumzulaufen.

Was wohl die belichtete Filmpatrone enthielt?

Er war neugierig. Und beschloß, den Film bei nächster Gelegenheit entwickeln zu lassen. Vielleicht entdeckte er dabei eine Geldquelle.

Er döste. Plötzlich spürte er, daß irgendwas nicht stimmte.

Mit geschlossenen Augen blieb er liegen. Sein Instinkt meldete, daß er unter der Palme nicht mehr allein war.

Er blinzelte.

Zu dritt umringten sie ihn, Araber.

Zwei waren wie Beduinen gekleidet: mit knöchellangem Nachthemd, dem Burnus – oder wie das hieß. Cohen wußte es nicht genau. Die Gewänder waren weiß. Weiß waren die Kopfbedeckungen, fast schwarz die Gesichter. Figürlich erinnerten beide an das riesige Gorilla-Männchen, das Cohen unlängst im New Yorker Zoo gesehen hatte.

Der Dritte war europäisch gekleidet und hochgewachsen – offensichtlich der Chef. Eine Habichtsnase krümmte sich über den Schnurrbart. Er hatte stechende Augen und eine fast olivfarbene Haut.

„Mr. Cohen?" fragte er.

„Was? Meinen Sie mich?" Cohen richtete sich auf.

„Sind Sie Ray Cohen?"

„Bin ich."

Weshalb sollte er das leugnen? Allerdings fühlte er sich nicht wohl bei dem Eingeständnis.

„Begleiten Sie uns!"

„Was? Wohin, wenn ich fragen darf?"

„Sie dürfen nicht fragen. Stehen Sie auf, ziehen Sie Ihren Bademantel an und kommen Sie mit. Ohne Mätzchen, sonst brechen Ihnen meine Begleiter die Knochen."

Cohen schnappte nach Luft. Es war novemberliche Meeresluft, angereichert mit einer Prise Salz und etwas Sand.

Beinahe hätte er sich verschluckt.

„Wenn Sie nicht sagen, wohin es geht, müssen Sie auf meine Begleitung verzichten, Ölprinz. Wo sind wir denn hier, heh! In der Wüste?"

Der Große winkte nur mit dem Daumen.

Einer der Leibwächter beugte sich vor und ließ einen gefährlichen Dolch aus dem Ärmel gleiten. Ehe Cohen die Hand heben konnte, spürte er die Klinge am Hals.

Der zweite war einen Schritt zur Seite getreten, machte sich breit wie ein Scheunentor und schirmte ab gegen Blicke.

„Es ist kein Spaß", sagte der Große, „aber es ist meine letzte

Aufforderung. Stehen Sie auf! Ibn und Farud werden Sie in die Mitte nehmen."

Cohen spürte, wie ihm der kalte Schweiß aus den Poren trat.

„Schon gut! Wenn ihr unbedingt wollt. Tausend-und-eine-Nacht hat mich schon immer interessiert. Aber lassen Sie doch mal 'ne kleine Andeutung raus! Bin ich jemandem auf die Zehen gestiegen? Das kann nur unabsichtlich geschehen sein."

„Quatschen Sie nicht! Los!"

Cohen hüllte sich in seinen Bademantel und schlüpfte in die Turnschuhe.

Ibn und Farud flankierten ihn. Er hatte das Gefühl, beim ersten Fluchtversuch würden sie ihm die Arme ausreißen – jeder je einen.

Der Große mit der Habichtsnase ging voran.

Himmel, was soll das? überlegte Cohen. Habe ich einer verschleierten Schönen zu kess in die schwarzen Augen gesehen? War das zufällig die Lieblingsfrau von irgendeinem Öl-Mufti, der jetzt auf orientalische Rache sinnt? Soll ich ausgepeitscht werden?

Sie betraten das Hotelgelände, den paradiesischen Palmengarten des PUENTE ROMANO.

Sie durchquerten die Anlage bis zum REGINE'S. Noch nie war Cohen der Weg so lang erschienen.

Der Große stieg die Treppe zur Straße hinauf.

Auf der Treppe war es zu schmal für drei Männer – besonders für Kolosse wie Ibn und Farud.

Der mit dem Dolch blieb einen Schritt zurück. Cohen spürte ihn hinter sich. Seine Rückenmuskeln verkrampften.

Sie gingen die Ladenpassage entlang, vorbei an Boutiquen und Nobelgeschäften.

Die wenigen Leute, denen sie begegneten, hatten keinen Blick übrig für das Quartett.

Neben der vielbefahrenen Strandstraße parkte ein Wagen:

ein schokoladenfarbener Rolls Royce mit getönten Scheiben.

Cohen wurde auf den Rücksitz gestoßen.

Ibn und Farud stiegen rechts, bzw. links von ihm ein. Der Große setzte sich neben den Chauffeur, der arabisch gekleidet war und Cohen im Rückspiegel beobachtete.

Der Große sagte was auf Arabisch. Der Wagen setzte sich in Bewegung.

Verstehe die Welt nicht mehr, dachte Cohen. Was wollen die von mir?

Der Wagen fädelte sich in den lebhaften Verkehr ein. Das heißt, er schnitt einem Dutzend Fahrzeugen die Vorfahrt. Ein Bus mußte mit jaulenden Reifen eine Vollbremsung ausführen. Mehrere Taxis und zwei oder drei ausländische Campingwagen entgingen nur knapp einem Massenunfall.

Mit unbewegtem Gesicht lenkte der Chauffeur den Rolls Royce etwa 200 Meter weit. Dann bog er ab auf eine bergan führende Straße.

Cohen wußte: Hier ging's zu den Anwesen der Reichen und Allerreichsten.

Drei Minuten später hielt der Wagen vor einem Tor. Ein Wächter öffnete. Cohen blickte an dem hohen Drahtzaun entlang. Er war mit Stacheldraht gesichert. In regelmäßigen Abständen hatte man Fernsehkameras angebracht.

Die palastartige Residenz *(Sitz eines Herrschers)* lag in einer Mulde. Die Hügel ringsum schützten vor neugierigen Blicken.

Cohen sah weiße, verschachtelte Gebäude. Er wurde aus dem Wagen gezerrt. Sie stießen ihn durch ein maurisches Portal. Er ging über Marmor. Ein endloser Gang führte in eine Halle, wo ein Springbrunnen sprudelte.

Kostbare Teppiche bedeckten den Boden. Die Türklinken schienen aus Gold zu sein.

Ein Araber kam um den Springbrunnen herum. Er war klein und fett. Im runden Gesicht klebte ein schwarzgrauer Schnurrbart. Er hatte kurzes Kraushaar. Unter dem Kinn erschlaffte die Haut. Auch am Hals schlug sie Falten.

Der Typ trug einen weißen Trainingsanzug. Über die Schultern hatte er sich ein Handtuch gehängt. Er schwitzte. Offenbar hatte er auf dem Hometrainer *(Standfahrrad)* gestrampelt, um abzuspecken. Aber er war kein athletischer Mann, sondern eher eine Witzfigur.

Cohen kannte ihn von Zeitungsfotos. Auf denen sah Scheich Dschellaba allerdings imponierender *(eindrucksvoller)* aus.

„Ist er das, Yussef?" wandte er sich an den Großen. Er sprach englisch.

„Das ist Ray Cohen." Yussef griff in die Tasche. „Wir waren in seinem Apartment. In A 34." Er grinste satanisch. „Die getarnte Kamera lag auf seinem Nachttisch."

Cohen glaubte, er werde von einem Airbus *(Großraumflugzeug)* gestreift.

Mit respektvoller Verneigung überreichte Yussuf seinem Gebieter die Handgelenk-Kamera.

Dschellaba kleckste Schweiß auf den Boden. Matt hing seine Zunge zwischen den geöffneten Zahnreihen. Möglicherweise hatte er einige Umdrehungen zuviel gestrampelt.

Auf seinen Zorn wirkte sich das allerdings nicht aus.

Wütend schmetterte er das Corpus delicti *(Beweisstück)* auf den Boden.

Die vermeintliche Armbanduhr hüpfte – etwa so hoch wie ein Golfball. Bei der zweiten Bodenberührung löste sie sich in ihre Bestandteile auf.

Was nach Armbanduhr aussah, fiel nach links – was Kamera war, fiel nach rechts.

Yussuf zog die linke Hand, auf der er die Filmpatrone servieren wollte, zurück.

Vielleicht hätte sein Herr und Gebieter in die Spule gebissen oder wäre darauf rumgetrampelt.

Mit dem Handtuch wischte sich der Scheich übers Gesicht. Wutbebend starrte er Cohen an.

Dem trocknete der Schlund bis zum Magen aus. Jetzt begriff er. Allerdings nur die Hälfte. Um die Spionage-Kamera ging's. Lief da was Politisches von internationaler Bedeutung? Gehörte der Typ, den er beraubt hatte, zu dieser Araber-Clique? Hatte der Typ etwa eine Ölquelle fotografiert, die mitten in Europa lag und ergiebiger war als das gesamte Ölvorkommen der Wüstensöhne? Nicht auszudenken! Dann wären deren goldene Zeiten für immer vorbei, und der Rolls Royce würde wieder dem Wüstenschiff *(Kamel)* Platz machen.

Öffnen Mundes beobachtete er den wütenden Scheich.

„Du, Ratte!" brüllte der. „Bastard! Uns willst du erpressen! Uns! Die wir bestimmen, wann die Sonne aufgeht und ob in Europa die Lichter erlöschen. Du Laus wagst es, dich gegen uns zu erheben."

Cohen wich einen Schritt zurück – vor allem, weil ihn sprühender Speichelregen traf.

Ibn oder Farud boxte ihn ins Kreuz.

Er stolperte vor und wäre beinahe gegen den Wüterich geprallt.

„Ich weiß nicht, was Sie meinen, Herr Scheich!" rief er. „Worum geht's denn? Darf ich um eine Erklärung bitten."

Dschellaba wandte sich zum Springbrunnen. Er tauchte das Handtuch hinein und netzte sich alsdann das Gesicht.

Sicherlich verfügte seine Residenz über 32 Badezimmer mit vergoldeten Klo-Brillen und Marmorwannen. Aber vielleicht hatte der Gebieter seine Jugend in wasserarmer Gegend verbracht und war an Katzenwäsche gewöhnt.

Immerhin kühlte das Wasser sein Gemüt ab.

Mit fast normaler Stimme sagte er: „Er soll gestehen, Yussuf. Ich will's hören. Dann bestimme ich die Höhe der Strafe."

Cohen zuckte zusammen.

Yussuf lächelte hinter seinem Schnauzbart.

Ibn und Farud atmeten vernehmlich. Es klang wie Vorfreude.

Zu Cohen sagte Yussuf: „Geben Sie zu, daß Sie gestern abend mit dieser getarnten Kamera heimlich Fotos gemacht haben! Und zwar von meinem Herrn und Gebieter Scheich Dschellaba. Außerdem von König Dafah und..."

„Neiiiiin", jaulte Cohen mit Tönen wie ein Schakal. „Habe ich nicht. Wie, zum Henker, kommen Sie darauf? Ich fotografiere nicht. Nie. Ich weiß überhaupt nicht, wie das mit der Belichtung funktioniert. Ich..."

„Sie waren letzte Nacht im Regine's", pfiff Yussef ihn an. „Sie haben heimlich Fotos von uns Moslems gemacht, als wir uns am Whisky labten. Was – nebenbei gesagt – eine läßliche Sünde ist, angesichts der Wohltaten, die... äh... zum Regierungsprogramm gehören. Jedenfalls fotografierten Sie in der Absicht, Scheich Dschellaba, König Dafah und die andern erlauchten Gebieter mit den Fotos zu erpressen."

Cohen glotzte wie ein Mittelmeer-Fisch, den eine Woge in den nächsten Strand-Club geschleudert hat.

„Waaaaas? Ich schnall ab! Das kann nicht wahr sein. Die Kamera gehört mir doch gar nicht. Ich war letzte Nacht nicht im Regine's, sondern im Spielcasino Andalucia Plaza. Das kann ich beweisen. Wer behauptet denn, daß ich... So ein Blödsinn! Dem ziehe ich die Haut ab."

In Yussufs Gesicht trat ein nachdenklicher Ausdruck.

„Kennen Sie einen Deutschen namens Ferdinand Lappmann?"

Cohen überlegte. Dann schüttelte er den Kopf.

„Nicht, daß ich wüßte. Es sei denn... Also, den Namen kenne ich nicht."

„Aber?" Yussuf bekaute seine Schnauzbart-Spitzen.

„Äh... man kennt ja manche Leute vom Sehen."

„Sie behaupten, die Kamera gehöre Ihnen nicht."

Verdammt! Cohen trat von einem Fuß auf den andern.

Sollte er den Raubüberfall gestehen?

Offenbar blieb ihm keine Wahl. Er konnte nur hoffen, daß die Altvorderen dieser Wüstensöhne räuberische Beduinen gewesen waren. Sicherlich brachten Dschellaba und die andern dann das nötige Verständnis auf.

„Stimmt!", sagte er. „Ich habe diese Kamera letzte Nacht gestohlen. Ich habe einen Mann überfallen. Heh, jetzt fällt's mir ein. Der kam aus dem Regine's. Ich bin völlig abgebrannt. Das heißt, ich habe beim Roulette mein ganzes Geld verloren. Deshalb ließ ich mich zu dieser schrecklichen Tat verleiten. Ich habe den Mann niedergeschlagen und ihm die Taschen geleert. Er hatte nur wenig Geld bei sich. Am Handgelenk hatte er dieses Ding. Ich glaubte, es sei eine wertvolle Uhr. Erst als ich in meinem Apartment war, merkte ich, daß es sich um eine getarnte Kamera handelt."

Yussuf tauschte einen Blick mit seinem Gebieter.

Dschellaba lutschte an einem feuchten Zipfel des Handtuchs.

„Wie sieht der Mann aus, den Sie überfallen haben?" fragte Yussef.

Cohen beschrieb ihn.

Yussuf nickte. Er biß sich auf die Lippen. Wieder sandte er Dschellaba einen bedeutungsvollen Blick.

Um seinen Gebieter geistig nicht zu überanstrengen, erklärte er außerdem: „Der Schakal hat uns reingelegt. Betrogen. Für dumm verkauf! Uns! Er hat 50 000 Dollar ergaunert und will einen andern für sich büßen lassen. Es ist ungeheuerlich."

„Wer?" fragte Dschellaba. „Der?" Er wies auf Cohen.

„Der nicht, Gebieter. Ich meine diesen Lappmann."

Ein Lächeln erhellte Dschellabas Miene. Er hatte begriffen.

„Der hat also nichts verbrochen?" vergewisserte er sich und meinte wiederum Cohen.

„Nichts!" nickte Yussef. „Nur den Raubüberfall. Aber das ist verzeihlich, denn es richtet sich nicht gegen uns. Ich glaube ihm. Es ist logisch, was er sagt. Alles paßt ins Bild. Außerdem – das ist mir später eingefallen – habe ich Lappmann letzte Nacht im Regine's bemerkt. Sie wissen, Gebieter, wie genau ich beobachte, wie ich die Menschen im Auge habe, die in unserer Nähe sind. Cohen war nicht dabei. Mit der Visage wäre er mir aufgefallen."

afft ihn weg!!
Jogging

Was heißt hier Visage, du Kameltreiber! dachte Cohen. So schön wie du bin ich schon lange.

Der Scheich lutschte noch immer am Handtuchzipfel.

„Schafft ihn weg!" gebot er. „Er soll schweigen über alles, was er hier gehört hat. Sonst trifft ihn mein Zorn."

Yussef wandte sich an Cohen. „Sie werden nicht mehr gebraucht. Sie können verschwinden. Ibn und Farud bringen Sie raus. Ich nehme nicht an, daß Sie Ihren Überfall rumerzählen. Sie werden auch niemandem sagen, daß Sie hier waren. Sonst trifft Sie der Zorn des Gebieters."

Cohen verzog keine Miene, als er auf das Spiel einging.

„Sagen Sie Ihrem Gebieter", meinte er, „daß ich sofort eine Mücke mache. Ich bin beschämt von seiner Güte. Ich werde schweigen wie das einsamste Grab in der Wüste. Im übrigen kann ich mit einem Hinweis behilflich sein. Der Typ, dem die getarnte Kamera gehört, wohnt im Puente Romano. Als ich ihn filzte, stieß ich auf seinen Zimmerschlüssel."

„Inzwischen ist er abgereist", sagte Yussef. „Aber das braucht Sie nicht zu interessieren."

Er winkte den beiden Leibwächtern.

Sie rissen Cohen herum, als werde er zum Schafott geführt.

Aber sie brachten ihn zum Tor.

Erst als er auf der Straße stand, atmete er auf.

Unglaublich! dachte er. Dieser Typ hat die Muselmen *(Moslems)* reingelegt, und ich sollte es auslöffeln. Hat er also rausgekriegt, daß er von mir ausgenommen wurde. Um 50 000 Dollar geht's. Eine heiße Kiste. Aber – verdammt noch mal! – da halte ich mich raus. Diese Muftis haben mehr Möglichkeiten als unsereins und sind schnell mit dem Dolch.

Gehüllt in seinen Bademantel trat er den Rückweg zum Strand an. Für ihn war die Sache erledigt.

Für Scheich Dschellaba war die Sache noch lange nicht erledigt.

Inzwischen hatte er voll gerafft, wie respektlos Lappmann mit ihm umgegangen war.

Er fühlte sich bespuckt, erniedrigt, blamiert. Und sowas ließ er nicht auf sich sitzen.

Indem er den Frottee-Zipfel in den linken Mundwinkel schob, sprach er durch den rechten.

„Yussef, du bürgst mir dafür, daß dieser Lappmann nicht entkommt. Spür ihn auf! Wenn es sein muß, folgst du ihm bis in die Hölle. Ich will meine 50 000 Dollar wieder haben." Seine Stimme wurde schrill. „Außerdem wird er bestraft. Hast du mich verstanden? Er wird bestraft, wie es bei uns üblich ist."

Yussef verbeugte sich. „Ich breche sofort auf. Um ihn zu finden, muß ich nach Deutschland fliegen. Zum Glück habe ich den Kofferanhänger mit Lappmanns Adresse. Der Kerl wird es nicht für möglich halten, daß wir ihn verfolgen. Er ahnt nichts von Ihrer großen Gerechtigkeit, Gebieter. Vergeltung muß sein."

10. Liebhaber-Objekt

Tom blieb mit Nicki im Haus.

Gunter und Helga brachten Mike zum Flughafen.

Seit gestern hatte sich der Nebel weder aufgelöst noch bewegt. Er verharrte, als wollte er die Stadt erdrücken.

Es war Mittag. Aber alle Lichter brannten, und die Autos fuhren mit eingeschalteten Scheinwerfern.

Gunter hatte beim Flughafen angerufen. Würde die Maschine nach Malaga starten?

Der Start werde sich nicht verzögern, hatte man ihm erklärt. Denn die Nebeldecke hänge nur über der Stadt. Bereits in geringer Höhe sei das Wetter klar, die Sicht gut. Alles spreche für einen ruhigen Flug, und in Zürich, wo die Maschine zwischenlande, herrsche Sonnenschein.

Sie stellten den Wagen auf den Parkplatz. Zu dritt gingen sie in die Abflughalle.

Am Swissair-Schalter war tatsächlich der Flugschein reserviert. Gunter bezahlte, Mike trug seinen Koffer – der auch das Lösegeld enthielt – zur Gepäck-Aufbewahrung.

Das Einchecken *(Abfertigen)* dauerte nicht lange, obwohl die Maschine – wie Gunter erfragt hatte – bis auf den letzten Platz besetzt war.

Das Transportband zog Mikes Koffer hinter die Kulissen.

„Ich glaube nicht", sagte Gunter leise, „daß wir das Geld wiedersehen. Mein Gott, wie unwichtig das ist!"

Er brauchte nicht auszusprechen, was wichtig war. Alle Gedanken galten Locke. War sie gesund? Wann würde der Erpresser ihr Versteck nennen?

Sie gingen zum Gate *(Flugsteig)*. Auf der elektronischen Anzeigetafel war Mikes Flug aufgerufen.

Helga umarmte Mike. Gunter drückte ihm den Arm.

„Wir müssen uns fügen, Mike. Es hilft nichts. Es ist diese verdammte Situation, bei der alle Trümpfe in der Hand des anderen sind. Vielleicht beobachtet er uns? Es wäre zu gefährlich für Locke, wenn ich heimlich mitfliege – oder nachkomme. Geh kein Risiko ein. Mach, was man von dir verlangt. Und ruf dann gleich an."

Sie sahen ihm nach, als er durch die Paß-Kontrolle ging.

„Der große Bruder", sagte Helga leise, „überbringt das Lösegeld für seine kleine Schwester. Ahnst du, wie Mike sich fühlt? Vielleicht noch schlechter als wir alle. Es ist jetzt seine Verantwortung, mehr oder weniger. Wie er an Locke hängt – obwohl sie ihn den ganzen Tag ärgert –, das muß man jahraus, jahrein miterleben, um sich darüber freuen zu können."

„Er würde sie bemuttern, wenn sie das zuließe. Sie hängt ja genau so an ihm."

Mike war jetzt durch die Paß-Kontrolle. Er drehte sich um und winkte. Dann verschwand er aus ihrem Blickfeld.

„Fahren wir zu Tom zurück", sagte Helga. „Er hat noch keinen Bissen gegessen. Die Angst um seine geliebte Freundin macht ihn fertig. In Gedanken hat er den Erpresser schon in Streifen geschnitten. Ich kenne meinen Sohn. Er leidet, weil seine Empfindungen nicht in einen Topf passen. Einerseits muß er voller Demut darauf warten, daß uns der Verbrecher Locke zurückgibt. Andererseits zerreißen ihn Wut und Rachedurst. Geduld ist nicht seine Stärke."

Passagiere für den Flug nach Malaga gingen an ihnen vorbei.

Gunter beobachtete unauffällig.

Keiner fiel ihm auf. Keiner erschien verdächtig. Keiner war ihm bekannt

Niemand schien auf ihn und Helga zu achten – sieht man ab von der Aufmerksamkeit, die eine aparte Frau wie Helga überall hervorruft.

Aber diese Blicke galten wirklich nur ihr.

So glotzt kein Erpresser, dachte Gunter, nahm seine Liebste an der Hand und zog sie zum Ausgang.

Sie fuhren nach Hause. Als sie eintraten, überschlug sich Nicki vor Freude.

Da sind sie ja endlich, dachte Tom.

Er saß am Tisch. Und hatte die TAGBLATT-Ausgaben der letzten sechs Wochen vor sich. Sie waren chronologisch *(nach der zeitlichen Reihenfolge)* abgeheftet und wochenweise zusammengefaßt. Auf diese Weise hatte sich Gunter in seinem Arbeitszimmer ein privates Archiv angelegt.

„Um eurer Frage zuvorzukommen", sagte Tom. „Ja, ich suche was Bestimmtes. Es ist eine sehr flaue Idee. Aber da wir nichts haben, ziehe ich an jedem Strohhalm, der sich bietet. Vielleicht hängt am anderen Ende der Erpresser."

„Nämlich?" fragte Gunter gespannt.

„Hasso, so nennen wir ihn jetzt, hat vom tollen Verlies geredet. Irgendwie hat sich das in meinen grauen Zellen eingewurzelt. Und jetzt ist mir eingefallen, warum ich elektrisiert war. Wegen des Inserats."

„Wieso?" fragte Helga. „Hat jemand ein tolles Verlies inseriert?"

„Nicht direkt. Aber die Anzeige löste einen ähnlichen Gedanken bei mir aus. Manchmal lese ich doch die Immobilien-Anzeigen. Als ich gestern nacht mit Nicki durch die Birken-Allee gejoggt bin, hat mein Unterbewußtsein reagiert. Weil dort nämlich eine hübsche alte Villa verkauft wird – eine, die mir gefallen würde. Inzwischen ist sie wohl verkauft – denn das Schild steht nicht mehr im Garten. Jedenfalls war das der innerliche Anstoß zu dieser nebelhaften Idee. Vorhin hat's geklickert. Das Haus in der Birken-Allee ließ mich an das Inserat denken – und das Inserat erinnerte mich an das tolle Verlies."

„Schön und gut", nickte Gunter. „Aber was stand denn nun in dem Inserat, wenn nicht direkt von einem tollen Verlies die Rede war?"

„Da stand was von einem H-Bombenkeller."

Gunter verharrte, den Blick auf die Zeitungen geheftet.

„H-Bombenkeller?" sagte Helga.

„Soweit ich mich entsinne", nickte Tom, „wurde ein Haus zum Verkauf angeboten, in dem sich ein atombomben-sicherer Keller befindet. Ist ja immerhin ungewöhnlich. Deshalb fiel mir das auf. Als ich das las, dachte ich: In so einem H-Bombenkeller könnte man jemanden einsperren – und der wäre weg vom Fenster. Hm? Mal sehen, vielleicht finde ich das Inserat. Stellt euch vor, das Haus steht leer – und Hasso benutzt es als Lockes Versteck. Oder, falls Hasso die Wahrheit sagt, jener wirkliche Kidnapper, den er beobachtet hat, ist der Benutzer."

Gunter zog sich einen Stuhl heran.

„Welche Ausgaben hast du schon durchgesehen?"

Zu dritt machten sie sich an die Suche.

„Ein H-Bombenkeller wäre tatsächlich ein tolles Verlies", sagte Helga. „Wie hat sich Hasso am Telefon ausgedrückt?"

„Tolles Verlies", sagte Tom, „da gäbe es kein Entkommen. Die Polizei würde Locke in 100 Jahren nicht finden."

„Der letzte Satz, meinte Gunter, „spricht nicht für den H-Bombenkeller eines Hauses, das verkauft werden soll. Spätestens beim Verkauf würde man Locke entdecken."

„Es sei denn", sagte Helga, „der neue Besitzer ist der Kidnapper."

Sie blätterten. Eine halbe Stunde verging.

„Ich glaube, ich hab:s", rief Helga. „Hier! Die Ausgabe ist drei Wochen alt. Da steht: Liebhaber-Objekt! Ältere Villa, zehn Zimmer, 180 Quadratmeter Wohnfläche, 1400 Quadratmeter Grund mit altem Baumbestand, Bestlage, drei Bäder, H-Bombenkeller, offner Kamin, Verhandlungsbasis 750000 DM. Immobilien-Willek."

„Das ist die Firma", rief Tom, „die auch das Herrschaftshaus verhökert."

„Herrschaftshaus?" Gunter hob die Brauen.

„Ein kleines Schlößchen in der Birken-Allee", antwortete Tom. „Nr. 17. Das war's, was mich auf den Trichter brachte. Ich habe die Hütte Herrschaftshaus getauft."

Helga raschelte mit der Zeitung. „Wir müssen feststellen, wo diese Villa steht. Ob sie schon verkauft ist."

Trotzdem! Es ist wichtig!

„Mache ich." Tom stürzte zum Telefon. Mit dem Hörer am Ohr verlangte er: „Mütterchen, die Rufnummer."

Sie stand hinter IMMOBILIEN-WILLEK. Helga diktierte. Tom wählte. Gunter zwirbelte seinen Schnauzbart, obwohl der eigentlich die gleiche Fasson *(Form)* hat wie bei einem Seehund, sich also zum Zwirbeln nicht eignet.

Nach dem dritten Läuten wurde abgehoben.

Eine Frauenstimme sagte: „Immobilien-Willek, Lehnert. Guten Tag."

„Tag auch", rief Tom. „Conradi ist mein Name. Erteilen Sie Auskunft, oder macht das nur der Herr Willek persönlich."

„Worum geht es denn?"

„Sie haben vor drei Wochen eine Villa zum Kauf angeboten. Wir hätten gern gewußt, wo das ist."

„Das kann ich Ihnen am Telefon nicht sagen. Sie müßten herkommen, Herr Conradi."

„Zu umständlich! Geben Sie mir Herrn Willek."

„Tut mir leid. Herr Willek ist in einer Besprechung."

„Trotzdem! Es ist wichtig."

„Zweifellos. Aber ich kann jetzt nicht stören. Wir haben durchgehend geöffnet. Sie können jederzeit herkommen."

Tom schnaubte. Er wollte was Unfreundliches durch den Draht jagen, besann sich aber und knurrte, das wäre in Ordnung, er käme.

Gunter war schon in der Diele und griff nach seinem Trenchcoat.

„Und ich?" fragte Helga.

„Einer muß im Haus bleiben", verfügte Gunter. „Bei Nicki und am Telefon. Außerdem sind wir gleich zurück. Wer weiß, ob dabei etwas rauskommt."

11. Der verfolgte Verfolger

In einem Restaurant aß Lappmann Gabelbissen, Tapas genannt. Dazu trank er spanischen Wein.

Nachdem er bezahlt hatte, trat er auf die Straße. Er befand sich noch immer in Malaga.

Als könnte ich mich von Andalusien nicht trennen, dachte er.

Er trug seinen Koffer, der das Geld enthielt: die 50 000 Dollar des Scheichs.

Bestimmt hatten sich die Wüstensöhne inzwischen diesen Cohen geschnappt. Ob sie ihm glaubten? Ob sie ihn überhaupt zu Worte kommen ließen?

Lappmann bog in eine schattige Gasse und bummelte in Richtung Hafen. Er hatte Zeit. Zunächst mußte er sich darüber klarwerden, was auf ihn zukam.

Die Araber kannten seinen Namen und hatte seine Adresse. Alles stand auf dem Kofferanhänger, den Yussuf abgerissen hatte. Eine verdammte Panne! Aber das war nicht mehr zu ändern. Jetzt fragte sich nur, ob sie was gegen ihn unternahmen.

Für Dschellaba bedeuteten 50 000 Dollar nichts. Das Geld zurückzuholen – das war sicherlich kein Motiv. Aber wenn sich der Scheich in seiner Ehre gekränkt fühlte, sah die Sache anders aus.

Ich brauche neue Papiere, dachte Lappmann. Einen echten Paß! Aber woher kriege ich den? Und dazu noch ein neues Gesicht. Das ist einfacher.

Er begann, nach einem Frisör-Geschäft zu suchen: nach einem anspruchsvollen Laden, der auch Perücken verkaufte.

Er fragte Passanten. Zwei Adressen, zu denen man ihn schickte, hatten nicht, was er suchte. Aber dann fand er eine blonde Perücke, die genau paßte und echt wirkte.

Sie veränderte seinen Typ völlig. Dazu besorgte er sich eine Sonnenbrille mit spiegelnden Gläsern.

Als er sich musterte, kannte er sich selbst nicht mehr.

Es war immer noch warm. Aber vom Hafen her strich eine Brise landwärts. Sie brachte den Geruch von Schiffen und Teer mit.

Lappmann sah auf die Uhr. In weniger als einer Stunde flog die nächste Maschine nach Deutschland.

Nicht, daß er mitfliegen wollte. Aber ihn interessierte, ob vielleicht ein Araber unter den Passagieren war: ein Bluthund, der den Auftrag hatte, Ferdinand Lappmann aufzuspüren.

Es wurde höchste Zeit.

Er winkte ein Taxi herbei und ließ sich zum Flughafen bringen.

Während der Fahrt vertauschte er seine Jacke mit einem dunklen Blazer, dem besten Stück, das der Koffer enthielt.

Dem Lappmann, den Yussef kennengelernt hatte, sah er jetzt wirklich nicht mehr ähnlich.

Er bezahlte den Fahrer, der braune Nikotinfinger hatte und auch danach roch. Mit seinem Koffer betrat er das Flughafengebäude.

Der Betrieb riß nicht ab. Schwitzende Reisende schleppten ihr Gepäck. Jede europäische Sprache war vertreten. Die Abreisenden erfreuten sich südlicher Bräune. Die Ankommenden hatten herbstfahle Gesichter – denen man freilich die Vorfreude ansah.

Er suchte sich den richtigen Flugsteig, wartete in der Nähe und benutzte eine spanische Zeitung als Deckung.

Fünf Minuten später gratulierte er sich. Auf seinen Instinkt war Verlaß.

Der Rolls Royce, den er schon kannte, fuhr vor. Diesmal entstieg Yussef dem Fond. Hinter dem Lenkrad saß ein Wüstensohn in Landestracht.

Ein zweiter, der herkulisch gebaut und fast so groß wie Yussef war, holte zwei Koffer aus dem Wagen.

Sie gingen an Lappmann vorbei. Er hörte, wie Yussef den Burnus-Träger mit ‚Ibn' anredete. Offenbar war das ein Lakai und Leibwächter. Jedenfalls flog er mit. Auch er hatte einen

Flugschein, den Yussef vorzeigte. Ibn trug das Gepäck und machte ein grimmiges Gesicht.

Vielleicht, dachte Lappmann grinsend, ist er an den schwankenden Gang der Kamele gewöhnt und verträgt Luftreisen nicht.

Die beiden entschwanden die Treppe hinauf zur Wartehalle.

Also doch, dachte er. Jetzt weiß ich, was läuft.

Er überlegte. Sollte er seinen Freund Willek anrufen? Der feiste Otto war ein Ganove anderen Zuschnitts. Straßenraub und Erpressung gehörten nicht zu seinen Gewohnheiten. Aber er betrog, wo er konnte.

Freilich – das Schicksal hatte ihm übel mitgespielt. Der Unfalltod von Frau und Tochter hatte ihn an den Rand des Zusammenbruchs gebracht. Ihn jetzt für fremde Belange einzuspannen, war sicherlich unklug.

Was Otto feststellen könnte, dachte er, weiß ich ohnehin. Yussef und Ibn werden meine Bude belagern, bis ich dort auftauche. Dann kann ich mich auf was gefaßt machen. Diese Gehirnleichen! Mal sehen, wann sie die Geduld verlieren.

Er beschloß, Willek später anzurufen, trat an die Bar und labte sich mit einem Espresso und einem Gläschen Wein.

Die Betriebsamkeit in seiner Nähe nahm zu. Eine Maschine der Swissair war gelandet.

Die Passagiere betraten den warmen, andalusischen Nachmittag.

Lappmann beglotzte zwei hübsche Teenager. Einigen Passagieren sah man an, daß sie aus Zürich oder Genf kamen. Sie trugen ihre Schweizer Nobeluhren wie Orden.

Lappmann wollte sich wieder dem Gläschen zuwenden, als er den Mann entdeckte.

Verblüfft starrte er in die Richtung, senkte dann rasch den Blick und prüfte, ob seine Perücke korrekt saß.

Der Typ, dem sein Interesse galt, verdrückte sich mit zwei raschen Schritten hinter einem Kiosk. Scheinbar gelangweilt betrachtete er die Auslagen.

Nicht zu glauben! dachte Lappmann. Eine Unverschämtheit der Natur. Ich dachte, ich wäre einmalig. Aber der könnte mein Bruder sein. Das heißt: Er sieht aus wie ein mißlungener Abzug von mir.

Der Mann hatte ungefähr die gleiche Figur wie er – und auch hinsichtlich der Lebensjahre stimmten sie überein. Er hatte – wie Lappmann – ein längliches Gesicht mit langem Unterkiefer und polierter Haut. Das dunkle Haar lockte sich. Sicherlich wich auch die Augenfarbe nicht ab.

Dessen Papiere! dachte Lappmann. Ich hätte es leichter.

Damit war die Idee geboren.

Er ließ den Mann nicht mehr aus den Augen. Zweifellos war das ein Deutscher.

Lappmann drängte sich in seine Nähe und warf einen Blick auf den Kofferanhänger.

FISCHER... ja, das hieß es. Eine krakelige Schrift. Er konnte den Vornamen nicht entziffern. Aber er las, aus welcher Stadt Fischer kam.

Fast hätte er schrill gepfiffen. Fischer war nicht nur ein Landsmann, sondern auch in derselben Stadt zu Hause.

Aber gesehen, dachte der Ganove, habe ich ihn nie. Kein Wunder! Unsere Stadt ist ja kein Dorf.

Unauffällig drückte er sich in Fischers Nähe herum. Bald merkte er, daß sich der Mann seltsam benahm. Offensichtlich beobachtete er jemanden. Mal reckte er sich, um die Menge zu überschauen. Mal wandte er sich rasch ab, als sollte seine Aufmerksamkeit unbemerkt bleiben.

Um wen geht's? überlegte Lappmann. Um die Blondine in den roten Stiefeln? Um den Opa mit dem Elfenbein-Krückstock? Um den junge Mann mit dem Koffer?

Noch ließ sich das nicht feststellen.

Als Fischer das Gebäude verließ, war ihm Lappmann auf den Fersen.

Taxis warteten. Fischer stieg ein. Lappmann nahm das nächste und reichte dem Fahrer einen größeren Schein.

TAXI!

Ob er englisch spreche, erkundigte er sich – und hatte Glück. Sie konnten sich verständigen. Lappmann wies ihn an, dem Taxi mit Fischer zu folgen.

Mit stoischer Miene nahm der Fahrer das hin. Heiklere Aufträge hatten ihn abgestumpft.

Sie fuhren. Lauer Wind wehte zum Fenster herein. Der Fahrer rauchte. Er benahm sich geschickt, rückte jedenfalls nicht zu dicht auf. Außerdem waren zahlreiche Taxis unterwegs. Wenn zwei denselben Weg hatten, war das völlig normal.

Die Straßen wurden enger, die Gassen unbefahrbar.

Heh! dachte Lappmann. Dieser Fischer ist ja ein verfolgter Verfolger.

Tatsächlich war Fischers Taxi während der ganzen Zeit einem anderen Wagen gefolgt.

Lappmann sah, daß es sich ebenfalls um eine Mietdroschke handelte.

Der erste Wagen in dem Dreier-Konvoi *(Geleitzug)* hielt jetzt vor einem Hotel.

Es hieß CARAMBOLO. Ein junger Mann stieg aus. Der Fahrer übergab ihm den Koffer und fuhr ab.

Fischers Taxi war bis zur nächsten Ecke gerollt, wo der Fahrgast eilig ausstieg, entlohnte und mit seinem Koffer zurückkam.

„Halten Sie!" gebot Lappmann seinem Fahrer.

Er blieb im Wagen und beobachtete. Fischer luchste um die Hausecke.

Der junge Mann betrat das Hotel.

Fischer schien zufrieden zu sein. Jedenfalls nahm er seinen Koffer und blickte suchend umher.

Er hielt einen älteren Mann an, fragte was und lächelte touristen-freundlich. Der Alte deutete auf das Hotel. Aber Fischer schüttelte den Kopf. Der Alte deutete auf die nächste Querstraße links, und Fischer bedankte sich.

Lappmann machte noch einen Schein locker, stieg aus und ließ sich sein Gepäck geben.

Fischer verschwand in der Querstraße. Lappmann begann zu rennen und erreichte die Einmündung rechtzeitig. Er sah, wie Fischer ein kleines Hotel namens YUCAS betrat, eine schmuddelige Absteige offenbar – aber darauf kam es dem Typ nicht an.

Da läuft was, überlegte Lappmann. Fischer beschattet den Jungen. Weshalb? Reinhängen werde ich mich nicht. Aber vielleicht kann ich Fischers Brieftasche abstauben. Mann, das wäre echt super. Unter seinem Namen würde ich zurückfliegen – und die Wüstensöhne würden nie erfahren, daß ich Spanien verlassen habe. In keiner Flugliste wäre ich aufgeführt. Irgendwann wird's ihnen dann zu dumm, und sie streichen in meiner Heimatstadt die Segel. Bis es soweit ist, hocke ich mich zu Otto Willek. Oder ich checke mal, wie dieser Fischer haust. Sind rosige Aussichten. Aber ich brauche die Papiere.

Er ging am YUCAS vorbei. Das war wirklich ein mieser Laden. Trotzdem! Er überwand sich und trat in den schäbigen Vorraum, der hier die Hotelhalle ersetzte.

Fischer war nicht mehr zu sehen.

Hinter dem Tresen kaute ein dicker Spanier an seinen Fingernägeln.

„Buenos dias!" grüßte der Ganove. „Deseo una habitacion con una cama. *(Ich möchte ein Einbettzimmer.)*"

Aber der Spanier bedauerte. Eben habe er das letzte vermietet.

Wenige Minuten später trug sich Lappmann auf dem Anmeldeformular des Hotels CARAMBOLO ein.

Damit war er in Fischers Nähe. Bestimmt würde der sich um den jungen Mann kümmern. Lappmann wollte auf die richtige Gelegenheit warten – und dann zuschlagen.

Was mein Freund Cohen kann, dachte er, kann ich schon lange.

Und Fischer wird denken, es sei ein ganz normaler Straßenraub.

12. Zündhölzer der Karibischen Hölle

Das Haus stand an einer Hauptverkehrsstraße. Zu beiden Seiten war Hof.

Im Erdgeschoß hatte IMMOBILIEN-WILLEK seine Zelte aufgeschlagen. In den beiden Etagen darüber befanden sich vermutlich die privaten Gemächer.

Der größere Hof diente als Kundenparkplatz.

Gunter stellte seinen Saab zwischen zwei Kleinwagen.

Tom sprang zu schnell vom Beifahrersitz. Beinahe hätte er mit der Saab-Tür einen Kleinwagen aufgeschlitzt.

Gunter legte seinem künftigen Stiefsohn die Hand auf die Schulter, als sie zum Geschäftseingang gingen.

Sie traten in einen ungemütlichen Raum. Die Wände waren getüncht, aber der Anstreicher hatte sich keine Mühe gegeben. Im Hintergrund standen metallfarbene Aktenschränke. Hinter einem Tresen, auf dem Prospekte lagen, drückten zwei Schreibtische die Stirnseiten aneinander.

Der vordere Schreibtisch sah aus, als sei er seit Monaten verwaist. Auf dem andern wurde eine elektrische Schreibmaschine betätigt.

Fräulein Lehnert – mit der Tom telefoniert hatte – war eine blasse Person mit leichtem Augenfehler links. Der entschlossene Zug um den Mund sollte sicherlich feilschende Kunden in die Schranken weisen.

Gunter grüßte und nannte seinen Namen.

„Wir wollen zu Herrn Willek."

„Der Chef ist leider nicht da. Ist mit Kunden unterwegs. Gegen 16 Uhr, schätze ich, kommt er zurück. Aber vielleicht kann ich Ihnen helfen."

Tom hatte den genauen Wortlaut des Inserats auf einem Zettel notiert. Den Zettel reichte er über den Tresen.

„Wir interessieren uns für dieses Liebhaber-Objekt", erläuterte Gunter – womit er den Eindruck erweckte, er käme als Käufer in Betracht.

„Ah, ja!“ Fräulein Lehnert nickte und griff an ihr farbloses Haar. „Eine wirklich schöne, alte Villa.“

„Das mit dem H-Bombenkeller stimmt?“ vergewisserte sich Gunter.

„Ja, der ist drin. Ein teurer Einbau. Der Besitzer wollte die Kosten an den Käufer weitergeben. Aber das haben wir ihm ausgeredet. Sowas bezahlt doch niemand extra. Und wir wollen ja nicht hoffen, daß der Ernstfall eintritt. Man kann den Raum natürlich als Weinkeller nutzen. Oder als Hobbyraum.“

„Ist die Villa verkauft?“ fragte Gunter.

„Nein. Das heißt, ich weiß es nicht genau. Ich bin erst seit Montag aus dem Urlaub zurück. Was sich in den zwei Wochen tat – da bin ich noch nicht auf dem Laufenden.“

Sie sah in der Kartei nach.

„Nanu!“ wunderte sie sich. „Die Unterlagen sind nicht mehr drin.“

„Also verkauft?“ forschte Gunter.

„Damit hat das nichts zu tun. Wenn das Objekt verkauft wäre, hätte die Karte einen entsprechenden Vermerk. Aber sie bleibt bis zum Jahresende in der Kartei.“

Sie ging zu einem der Metallschränke und rumorte zwischen ungezählten Schüsseln. Meistens waren drei oder vier mit Bindfaden aneinander gehängt. Der Anhänger am Bund verriet, zu welchem Objekt sie gehörten.

„Ich kann auch die Schlüssel nicht finden“, klagte sie.

Es klang, als hätte der Chef in ihrer Zuständigkeit rumgepfuscht. Wiedermal – wobei dann immer diese Unordnung entstand.

„Vielleicht sind sie in seinem Schrank“, überlegte sie. „Oder er hat sie mitgenommen. Allerdings waren das Kunden, die ein Geschäftslokal mieten wollen. An seinen Schrank kann ich leider nicht ran. Der ist abgeschlossen.“

„Wenn Sie uns die Adresse geben“, sagte Gunter, „können wir uns die Villa von außen ansehen. Vielleicht hilft das weiter.“

„Gern", nickte sie. „Aber vorher muß ich Sie zur Unterschrift bitten."

Auf einem Formular wurden Gunters Name und Adresse eingetragen. Mit der Unterschrift verpflichtete er sich, den Kauf der Villa über IMMOBILIEN-WILLEK abzuwickeln. Damit die Firma ihre fünfprozentige Provision erhielt. Immerhin hatte IMMOBILIEN-WILLEK eine respektable Arbeit geleistet: nämlich die Adresse weitergegeben.

„Also", sagte Fräulein Lehnert, „das Haus samt Grundstück soll, wie Sie gelesen haben, 750 000 kosten. Ein günstiges Angebot, wenn man die Lage berücksichtigt. Die Birken-Allee ist ein sehr feines Viertel."

„Birken-Allee?" fragte Tom. „Etwa Nummer 17, wo Ihr Schild im Garten stand?"

Sie nickte.

„Das Herrschaftshaus", sagte Tom zu Gunter, „von dem ich erzählt habe. Wirklich hübsch. Ich fahre oft dran vorbei. Das müssen wir unbedingt aus der Nähe beäugen"

Er wandte sich an Fräulein Lehnert. „Aber das Schild steht nicht mehr im Garten. Also hat sich wohl doch ein betuchter Käufer gefunden?"

Sie hob die Achseln. „Ich weiß es nicht. Aber der Chef hätte mir sicherlich von dem Verkauf erzählt. Heutzutage verkaufen sich die großen Objekte nicht mehr im Handumdrehen."

Gunter hatte seinen Trenchcoat geöffnet. Jetzt knöpfte er ihn zu, ohne allerdings den Gürtel zu schließen, der auf dem Rükken locker verknotet war.

„Wir kommen nachher nochmal. Wenn Herr Willek zurück ist. Melden Sie uns an. Wie gesagt: Mein Name ist Rehm."

Als sie im Wagen saßen, meinte Tom: „Ist wirklich komisch. Mein Herrschaftshaus hat einen H-Bombenkeller. Paßt nicht zu ihm. Ein Geheimgang, eine Falltür, ein Skelett hinter der Kellertreppe – das würde passen."

Gunter startete den Wagen.

Sie rollten über den Gehweg und fädelten sich in den dichten Verkehr.

Noch dichter war der Nebel. Er hatte den Tag zur Dämmerung gemacht. Die Lichter gingen nicht aus. Die Schadstoffe in der Luft vermehrten sich von Stunde zu Stunde. Vielleicht kam es zum Smog-Alarm: jenem unerfreulichen Zustand, bei dem die städtische Atemluft zum Gift wird.

„Nachher fragen wir Willek, was mit der Villa ist", sagte Gunter. „Aber wir haben noch Zeit. Überbrücken wir sie, indem wir uns Numero 17 mal ansehen! Steht die Bude noch leer – wird uns Willek reinführen. Und wir sehen uns den H-Bombenkeller an. Ist sie vermietet – dann muß man uns trotzdem einen Blick in den unnützen Raum gestatten. Du merkst, Tom: Deine Idee hat mich angesteckt."

Ihr Weg führte sie zu Hause vorbei. Aber sie hielten nicht.

Tom hatte das Seitenfenster spaltweit geöffnet. Er hörte, wie Nicki im Hause anschlug.

„Der hat uns am Motorgeräusch erkannt", sagte er. „Hunde sind nicht nur Nasen-, sondern auch Ohrenmenschen."

„Adleraugen", lächelte Gunter, „hat er auch, das Gebiß eines Tigers und beinahe dessen Figur. Dazu das gestromte Fell! Wirklich, ein komischer Hund."

„Hoffentlich ist er ein Hund!" lachte Tom. „Aber Helga stellt ihn immer als Hund vor. Sie hat Tiermedizin studiert und müßte es wissen."

Sie bogen in die Birken-Allee, wo es ruhig war. Einige Wagen parkten, als hätten sie sich seit letzter Nacht nicht von der Stelle gerührt.

Gunter hielt vor dem Gittertor.

Sie stiegen aus und betraten das Grundstück.

Der Nebel hing zwischen den Büschen. Von den Bäumen fielen Nebeltropfen.

Sie gingen zum Haus.

„Sieht unbewohnt aus", meinte Tom. „Kein Licht und dieselben alten Gardinen."

An der Tür war kein Namensschild. Sie klingelten und hörten, wie das Signal durchs Haus hallte. Aber niemand kam.

„Vielleicht ist es verkauft“, sagte Gunter. „Und Willek hat deshalb das Schild aus dem Garten genommen. Demnächst wird die Hütte modernisiert, und der neue Besitzer zieht ein.“

Die Haustür war verschlossen.

Sie umrundeten das Haus. Die Kellertür leistete Widerstand, nirgendwo stand ein Fenster offen.

Bevor sie die Westseite, wo auch die Veranda war, erreichten, bückte sich Tom.

„Sieht neu aus.“

Er hob ein Streichholzbriefchen auf.

Es war tomatenrot und trug den Reklameaufdruck eines Nachlokals.

„Karibische Hölle. Was gibt's denn da? Heiße Drinks? Wenn Willek die Zünder verloren hat, Gunter, dann muß er vorhin hier gewesen sein. Die Pappe ist fast trocken. Mal sehen, ob die Schwefelköpfe flammen.“

Er klappte den Deckel hoch.

„Da steht was.“

Mit Kugelschreiber hatte jemand notiert: Kfz-Panse, 14. 11., 14 Uhr.

Tom zeigte es Gunter.

„Heute haben wir den 14.“, meinte Gunter. „Wie spät ist es? Noch zu früh für Willek. Aber wer sagt uns, daß der das Briefchen verloren hat? Ist dir aufgefallen, daß in der Immobilienfirma kein einziger Aschenbecher stand? Nicht mal für Besucher. Wahrscheinlich raucht Willek nicht. Vielleicht gehört er zu denen, die in ihrer Umgebung keine verpestete Luft dulden. Dann wird er sich hüten, einem Raucher Feuer zu geben. Daraus folgt: Einer wie Willek trägt keine Zündhölzer bei sich.“

„Also ist hier wer rumgeschlichen?“

„Mit dem Blick in den H-Bombenkeller müssen wir uns noch eine knappe Stunde gedulden. Im Moment haben wir keine Rechtfertigung, hier gewaltsam einzudringen. Aber wir können inzwischen feststellen, wem die Zündhölzer gehören. Auch die Polizei folgt jeder Spur. Stellt sich später raus, daß es keine Spur ist, hat sich der Einsatz trotzdem gelohnt."

„Du sagst es."

Sie machten kehrt.

Statt zur Westseite des Hauses zu tapern, was etwas weiter gewesen wäre, gingen sie denselben Weg zurück.

Tom wußte, daß weiter vorn in der Birken-Allee eine Telefonzelle stand.

Aus dem Fernsprechbuch hatten Rowdies die Hälfte der Seiten herausgerissen. Auch sämtliche P-Seiten.

Aber die Fernsprechauskunft half. Eine freundliche Dame von ‚Auskunft Platz sechs' fand eine Kfz-Werkstatt Panse in ihrem Verzeichnis.

„Panse", meldete sich eine forsche Mechaniker-Stimme.

„Rehm", sagte Gunter. „Sie können mir sicherlich weiterhelfen. Jemand hat einen Karton verloren mit allerlei Sachen drin. Zum Teil mit Wertgegenständen. Als einziger Hinweis auf den Besitzer findet sich eine kleine Notiz. Und zwar: Kfz-Panse, Mittwoch, 14. 11., 14 Uhr. Wenn Sie mir sagen, wessen Termin das ist, kann ich die Sachen zurückgeben. Sicherlich freut sich der Betreffende."

„Ah", Panse hatte verstanden. „Was es nicht alles gibt. Den 14-Uhr-Termin habe ich im Kopf. Weil er nicht gekommen ist, der... äh... Typ. Heute vormittag rief er an. Sagte, er sage ab, weil ihm die Karre wurscht wäre. Er würde sie verschrotten. Ich dachte, der spinnt. Denn der Wagen ist wirklich noch passabel. Aber vielleicht hat er's jetzt nicht mehr nötig. Vielleicht schwimmt er im Geld."

Gunter schloß die Augen und bemühte sich, langsam zu atmen. Was dieser Kfz-Mensch in aller Unschuld sabbelte, ergoß sich wie Öl ins Feuer.

„Bitte, den Namen! Und, wenn möglich, die Adresse!"

„Klar, das ist der Fischer. Moment, ich seh in der Kartei nach. Er war schon öfter da."

Es dauerte zwei Minuten.

Tom spürte, wie gespannt Gunter war.

„Gottfried Fischer ist sein Name", teilte Panse mit. „Er wohnt Zöllich-Weg 18."

„Besten Dank, Herr Panse. Sie haben mir sehr geholfen."

„Ist mein Job", lachte Panse. „Panse, der Pannenhelfer – so steht's an meiner Werkstatt. Im Vertrauen: Ich kann meine Werkstatt empfehlen. Bringen Sie mir Ihren Wagen. Ich stelle den Motor so ein, daß er nur zwölf Liter Sprit schluckt."

„Das wäre ein Jammer. Ich komme nämlich locker mit zehn aus." Gunter legte auf.

Tom hatte mitgehört.

„Zöllich-Weg 18!" sagte Gunter. „Hin! Das ist ganz in der Nähe. Wir parken an der Ecke und sehen zu, daß wir unbemerkt bis an die Haustür kommen."

Als sie fuhren, sagte Tom: „Von Zöllich-Weg 18 bis zur Birken-Allee 17 braucht man nicht lange. Dort rein, die Fragen betreffs der Rehmschen und Conradischen Haustiere gestellt und zurück – das... Hm hm hm! Aber Fischer wird doch nicht blöd sein und von zu Hause aus anrufen – falls er der Erpresser ist. Oder?"

„Vielleicht hat er die Telefonzelle benutzt, in der wir eben waren – falls er der Erpresser ist."

Der Zöllich-Weg war eine Gartenstraße mit bescheidenen Häusern.

Kurz hinter der Einmündung parkte sie an einem bemoosten Zaun. In den Gärten strichen Katzen umher.

Tom spähte zur ersten Gebäudenummer.

„Wir haben den Anfang erwischt", teilte er mit. „Der Bungalow dort hat die Nummer 1a, tatsächlich 1a. Mit 1a fängt die Straße an. Wo ist denn Nr. 1?"

„Gibt's hier nicht. Manche zählen eben anders."

Sie liefen an den Zäunen entlang.

Hoffentlich! dachte Tom. Hoffentlich, hoffentlich! Wenn das die richtige Spur ist, hat uns das Schicksal nicht nur den kleinen Finger gereicht. Nein, alle zehn. Hoffentlich ist Fischer ein Bullentyp – damit ich nicht zu früh einhalten muß, wenn ich ihn zertrümmere.

Offenbar verriet sein Gesicht, was er dachte.

Gunter legte ihm die Hand auf den Arm.

„Ruhig Blut, Tom – wie man so sagt! Noch ist alles Vermutung." Eine hohe Hecke schirmte Nr. 18 vom Zöllich-Weg ab. Es war das größte Grundstück auf der zurückgelegten Strecke. In den Garten konnten sie nicht einsehen.

Vom Haus sahen sie das Obergeschoß.

Wegen des Nebels hätte man Licht gebraucht hinter dem Fenster, aber im Obergeschoß brannten keine Lampen.

Sie erreichten ein brusthohes Holztor. Auf der anderen Seite hatten Autoreifen den Rasen zernarbt.

Zum Parken diente freilich nur ein luftiger Abstellplatz, der jetzt leer war. Das Haus besaß keine Garage.

Über dem Eingang, der sich an der Schmalseite befand, brannte die Kugelleuchte.

Sie benutzten die Pforte.

Das Haus war gelb verputzt. Zum Eingang führten drei Steinstufen hinauf.

Es gab drei Briefkästen. Der eine war für Edeltraud Kohl, der zweite für Gottfried Fischer, am dritten fehlte der Name.

Bevor Gunter klingeln konnte, wurde die Haustür geöffnet. Eine ältere Frau stand vor ihnen. Sie trug einen Mantel mit Pelzbesatz und eine komische Kappe mit Straß-Verzierung *(Straß = Edelsteinimitation aus Glas)*. Hinter ihr in der Diele standen Koffer und Reisetasche.

„Sie kommen aber früh", sagte sie, ohne damit einen Vorwurf zu verbinden. „Ein Glück, daß ich schon fertig bin."

Dann schoben sich in ihrem gepuderten Gesicht die Brauen zusammen.

„Ach! Sie sind gar nicht das Taxi."

„Leider nicht", lächelte Gunter. „Frau Kohl, ja? Ich las Ihren Namen am Briefkasten. Wir wollen zu Herrn Fischer."

„Da kommen Sie vergeblich“, sagte sie. „Er ist verreist.“
„Verreist?“
„Für unbestimmte Zeit“, nickte sie. „Jedenfalls hat er das heute morgen gesagt. Ich habe so das Gefühl, daß er gar nicht zurückkommt. Und ich kann dann zusehen, von wem ich die Miete kriege.“
„Ihnen gehört das Haus?“ fragte Gunter.
„Allerdings. Und ich bin auf die Miete angewiesen. Mit meiner Rente – du meine Güte! – die reicht nur für das Nötigste. Die obere Etage habe ich in zwei kleine Wohnungen unterteilt. Die eine steht schon leer seit August. Der Mieter – der alte Herr Gotzl – ist rausgestorben. Ich muß ja froh sein, daß ich den Fischer habe, obwohl es angenehmere Menschen gibt.“
Sie stockte, als hätte sie sich vergaloppiert.
„Ich habe mich noch nicht vorgestellt, Frau Kohl. Rehm. Gunter Rehm. Das ist Tom. Sie können ganz offen mit uns reden. Wir sind keine Freunde von Fischer. Im Gegenteil, es könnte sein, daß wir eine Niedertracht aufdecken, die auf sein Konto geht.“
„Das sähe ihm ähnlich.“ Sie war froh, ihrem Herzen Luft machen zu können. „Von einem wie ihm, wissen Sie, würde ich mich nicht gern einsargen lassen.“
„Wie bitte?“
„Wissen Sie das nicht? Er war doch angestellt bei einem Beerdigungsinstitut. Aber seit August ist er arbeitslos. Und lebt vom Ersparten, wie er mir erzählt. Aber das glaube ich nicht. Bestimmt arbeitet er schwarz. Als Kellner oder so. Jedenfalls ist er oft nächtelang weg. Und jetzt ist er ganz weg – so kommt's mir vor. Wie der mich angegrinst hat, als er wegfuhr! Ich trauere ihm nicht nach. Aber ich lasse das Haus nicht gern allein. Wegen der Einbrecher, wissen Sie.“
„Sie verreisen für länge?“
„Für eine Woche. Zu meiner Schwester nach Berlin. Wenn sie mich sehr bittet, bleibe ich vielleicht drei Tage länger. Ich falle nämlich niemanden zur Last, wissen Sie.“

... Er ist nach Malaga geflogen

Tom sah zur Straße.

Ein Taxi hielt vor dem Tor.

Der Fahrer stieg aus und kam durch die Pforte.

„Hat Fischer gesagt, wohin er verreist?" fragte Gunter.

„Ja. Nach Spanien. Er fliegt nach ... wie heißt das doch gleich? Es ist was mit a."

„Granada?"

„Ja. Nein, noch anders." Sie wandte sich an den Taxifahrer, einen bärbeißigen Typ. „Nehmen Sie doch bitte meinen Koffer. Wir fahren zum Bahnhof."

Während sie die Haustür zusperrte, sagte sie: „Jetzt habe ich's. Er ist nach Malaga geflogen."

Tom unterdrückte einen Triumphschrei.

Gunter riß sich zusammen und verzichtete darauf, Edeltraud Kohl zu umarmen. Aber er wünschte ihr eine gute Reise und vergnügliche Urlaubstage.

Sie gingen zur Straße mit und sahen dem Taxi nach.

Tom sagte: „Wenn du auf Willek warten willst – ich bringe die Geduld nicht auf. Ich weiß jetzt, weshalb Nicki letzte Nacht am Gartentor von Nummer 17 ausgeflippt ist. Nicht wegen einer Hündin. Sondern wegen Locke. Er hat ihre Spur gerochen. Ich werde jetzt ein Fenster zertrümmern. Ich will den Bombenkeller sehen."

„Den Einbruch", nickte Gunter, „verüben wir gemeinsam."

13. Mike in Malaga

Sie hatte kaum geschlafen während der Nacht. Erst gegen Morgen war sie eingeschlummert.

Ob draußen Tag oder Nacht war, wußte Locke nicht. Nur anhand ihrer Armbanduhr behielt sie den Überblick.

Dann war der andere gekommen, der dunkelbärtige Typ, der auch den Bombenkoffer geholt hatte.

Er hatte sie ausgefragt. Nach Mausi, Nicki, Frau Holle... Aber er sagte nicht, weshalb er das wissen wollte.

Stunde um Stunde verging in trostloser Einsamkeit. Sie fühlte sich erschöpft. Sie fror. Das künstliche Licht tat den Augen weh. Außer einigen Schlucken Mineralwasser nahm sie nichts zu sich. Sie spürte Hunger. Er gaukelte ihr Bilder vor – von warmer Milch mit Honig, von Bananen und Obstsalat.

Die Hoffnung schwand.

In ihren Poncho gehüllt, saß sie auf dem Feldbett.

Pausenlos dachte sie an ihre Leute.

Wahrscheinlich ging es ihnen noch mieser als ihr. Sie konnte sich ausmalen, wie Gunter und Helga sich ängstigten. Wie Tom in verzweifelter Ohnmacht mit der Faust an die Wand schlug. Wie sich Mike das Gehirn zermarterte.

Auch sie grübelte unentwegt.

Was Willek betraf, war alles klar.

Zwar unterlag dieser Kerl einem Irrtum. Aber nicht ihm schadete das, sondern nur ihr – auf grausige Weise nur ihr.

Aber der andere! Was hatte der damit zu tun? Gehörte er zu Willek? Weshalb hatte er den Koffer geholt? Weshalb stellte er die Fragen?

Ihre Tränen saßen locker.

Nein! dachte sie. Ich heule nicht. Es wäre keine Schande. Aber es macht auch nichts besser.

Lauschend hob sie den Kopf.

Tatsächlich! Da war er schon wieder.

Ihre Sinne hatten sich geschärft in den Stunden der Einsamkeit. Sie hörte, wie draußen der Schlüssel in die massige Tür geschoben wurde.

Diesmal springe ich ihn an, dachte sie. Ich trete, kratze, beiße, schlage. Und wenn ich ihn verunstalte – ich will hier raus.

Die Tür wurde aufgeschoben.

Lockes wilde Mähne hing vor dem Gesicht.

Sie spähte durch eine Lücke.

Trugbild! dachte sie. Bewußtseinsstörung! Ich spinne schon. Der Kerl sieht wie Tom aus.

Der dickste aller Frösche saß in Toms Hals. Tom konnte kaum sprechen. Trotzdem bemühte er sich, cool zu bleiben wie Nickis Nase.

Über die Schulter sagte er hinter sich: „Gunter, sieh dir deine faule Tochter an! Hat die Schule geschwänzt. Und hier versteckt sie sich."

Lockes Jubelruf hätte fast die Wände gesprengt.

Sie flog Tom an die Brust, dann Gunter in die Arme, fiel jedem mindestens acht mal um den Hals, umschlang schließlich beide und versteckte den Kopf zwischen ihnen.

Gunter strich ihr die Haare aus dem Gesicht. Tom zerrte sein Taschentuch hervor und tupfte ihre Tränen weg.

„Ich ... sollte hier umkommen. Wie habt ihr mich gefunden? Zwei sind's. Aber der Koffer mit der Bombe ist weg. Deshalb hätte ich auch den Schlüssel nie gefunden. Dabei ist alles ein Irrtum. Dich sollte es treffen, Papi. Nein, nicht dich. Sondern einen anderen Rehm. Diesen *Günther* Rehm, der die Frau und das Mädchen tödlich überfahren hat. Aber ich konnte es Willek nicht sagen, weil ich den Knebel im Mund hatte."

„Was?" brüllte Tom. „Willek? Meinst du Immobilien-Willek?"

Gunter legte ihr den Arm um die Schultern.

„Du bist gesund, Locke? Nicht verletzt? Niemand hat dich körperlich mißhandelt? Gut. Was meinst du mit Willek?"

Während sie berichtete, verließen sie den Keller und stiegen die Treppe hinauf.

In einem plüschigen Salon setzten sie sich auf eine Couch, und Lockes Worte hellten die Zusammenhänge auf.

„Dann hat Fischer nicht gelogen", murmelte Gunter. Er war so entsetzt wie Tom. „Willek wollte dich im Bombenkeller zurücklassen. Fischer ist Einbrecher. Er war zufällig hier. Das Fenster, durch das er eingestiegen ist, haben wir entdeckt. Er belauschte dich, Locke, und Willek. Aber statt dich zu befreien, sollte daraus ein Geschäft für ihn werden. Er hat uns erpresst. Mike ist vorhin nach Malaga geflogen. Er hat 500 000 Mark Lösegeld bei sich."

„Was?" rief Locke. „So reich sind wir – gewesen! Und jedesmal dieser Zwergenaufstand, wenn ich mehr Taschengeld will."

„Geschadet hat ihr das Kidnapping nicht," stellte Tom fest. „Die freche Klappe ist schon wieder voll da."

„Sei du ruhig!" konterte sie lachend. „Dich hat noch keiner gekidnappt. Nicht mal aus Versehen. Aber mal ehrlich, Papi! Eine halbe Million Lösegeld? Du machst einen Spaß."

„Ist leider kein Spaß."

Ihr wurde erklärt, wie er und Helga das Geld beschafft hatten.

„Mein Gott!"

Ihre Lider flatterten. Also hatte auch Helga eine Riesensumme beigesteuert.

Meine Leute haben alles getan, was sie konnten, dachte Locke. Überwältigend, wenn man von soviel Liebe getragen wird.

„Den Bombenkoffer", meinte Tom, „hat Fischer nicht aus Nächstenliebe weggenommen. Sondern weil er befürchten mußte, daß die Bombe explodiert. Vielleicht hätte man das draußen gehört."

„Jetzt so schnell wie möglich nach Hause", sagte Gunter. „Wir müssen Mike verständigen. Daß er das Lösegeld nicht hergibt. Hoffentlich ist es noch nicht zu spät."

Sie verließen die Villa durch eines der Parterre-Fenster. Als sie zu Hause ankamen, traute Helga ihren Augen nicht. Jubelnd umarmte sie Locke, und die beiden wirbelten durch die Diele, während Nicki bellend um sie herum sprang.

Gunter rief bei der Kripo an.

Einem Kommisar, den er gut kannte, berichtete er im Eilverfahren.

„Mich streift ein Nato-Panzer", meinte der Kommissar. „Das hört sich an, Gunter, als hättest du die Geschichte erfunden. Irre! Um den Willek kümmern wir uns sofort."

„Und was wird mit Fischer?"

„Tja, ich will dir nichts vormachen. Spanien ist weit, die Bürokratie langsam. Die Schreibtisch-Strategen *(Stratege = Feldherr)* dort unten sind echte Beamte. Also noch langsamer, als es die Polizei erlaubt. Wenige Stunden vor Dienstschluß geschieht da nichts mehr."

„Nichts? Verdammt noch mal! Schick ein Fernschreiben? Telefoniere! Mach den Gendarmen klar, daß Helga und ich mit einer halben Million in den Miesen sind, wenn die nicht spuren."

„Klar! Mach ich! Aber wegen Fischer reißen die sich kein Bein aus. Er schädigt ja keinen Spanier. Versuch, Mike zu erreichen! Er soll das Geld nehmen und abhauen!"

„Gut! Ich höre von dir."

Er legte auf und fragte Helga, ob Mike angerufen hätte.

Sie verneinte.

Gunter wählte die Nummer der Fernsprechauskunft ‚Ausland' und erkundigte sich nach dem Anschluß des Hotels CARAMBOLO in Malaga.

*

Bis jetzt ging alles gut, dachte Mike.

Er saß auf dem Bett des Hotelzimmers. Der Koffer stand davor. Seit zwei Minuten war er hier – nach einem ruhigen Flug und prachtvoller Sicht auf die spanischen Sierras.

In seinem Gemüt ging es freilich alles andere als ruhig zu. Beim Abflug zu Hause hatte er Gelassenheit vorgetäuscht. In

Wahrheit fand jede Minute in seinem Inneren ein Gefühlsausbruch statt.

Sorge und Ungewißheit marterten ihn. Sein Zorn auf den Erpresser war grenzenlos. Er hätte ihn umbringen können, den Kerl.

Lockes Sicherheit steht über allem, überlegte er. Gibt es trotzdem eine Möglichkeit, das Geld zu retten?

Sein Zimmer lag im vierten Stock auf der Rückseite. Es war einfach möbliert.

Er stieß die Fensterläden auf und sah über ein Meer flacher Dächer. Sie waren von unterschiedlicher Beschaffenheit. Die meisten hätten dringend der Reparatur bedurft. Hier und dort flatterte Wäsche in der Meeresbrise.

Ihm fiel ein, daß er sofort zu Hause anrufen sollte.

Auf dem Tisch lag ein Hotel-Prospekt.

Wer die Bilder sah, mußte glauben, das CARAMBOLO sei ein Fünf-Sterne-Hotel. Die Telefonnummer war angegeben.

Mike legte seine Jacke ab. Den Koffer ließ er nicht aus den Augen.

Er enthielt etwas Garderobe und eine schwarzlederne Flugumhängetasche. In ihr war das Geld.

Doppelt soviel hätte reingepasst, dachte er. Man glaubt nicht, wie wenig das ist – eine halbe Million auf einem Haufen. Auf dem Nachttisch stand ein Selbstwähl-Telefon. Hinsichtlich der Technik war das Hotel zeitgemäß. Was die Tapeten betraf, befand es sich noch in den dreißiger Jahren.

Mike griff zum Hörer.

Im selben Moment klingelte der Apparat.

Nanu? Wollte der Empfangschef was wissen? Oder stand Hassos Komplice so schnell auf der Matte?

„Mike Rehm", meldete er sich.

„Und wie war der Flug?" fragte der Erpresser, den Mike in Gedanken Hasso nannte.

„Von wo rufen Sie an?" fragte er. „Ihre Stimme klingt so deutlich, als stünden sie neben mir."

„Ich bin Ihr Zimmernachbar."

„Im Ernst?"

„Natürlich nicht. Oder glaubt ihr, ich sei bekloppt wie ein Berufsboxer?"

„Aber Sie sind in Malaga. Also sind Sie mit mir geflogen."

„Und wenn? Machen Sie sich deshalb keine Gedanken, Mike Rehm. Einen Partner habe ich hier wirklich. Und das ist ein ganz harter Junge. Also keine Tricks und Finessen. Sonst kommt das Schwesterchen nie wieder zum Vorschein."

„Ich bin nicht hierher gekommen, um Sie reinzulegen."

„Das Geld haben Sie bei sich?"

„Ja."

„Ging alles glatt, wie? Ich kenne das. Man könnte die englischen Kronjuwelen einschmuggeln – der Zoll würde nichts merken. Wo haben Sie das Geld?"

„Im Koffer." Der unterhält sich mit mir, dachte Mike, als wären wir die dicksten Freunde.

„Stecken Sie's in eine Tüte. Oder Tasche. Oder in Ihren Kulturbeutel."

„Es befindet sich in einer schwarzen Umhängetasche. Oder dachten Sie, ich lasse die Scheine durch den Koffer flattern?"

„Nicht frech werden, Rehm! Sie und Ihre Mischpoke *(Sippschaft)* sind am kürzeren Hebel."

Mike antwortete nicht. Der Kerl genoß es, daß er am längeren Hebel saß. Aber noch war nicht aller Tage Abend.

„Mit der Geldtasche", fuhr Hasso fort, „fahren Sie zum Flughafen zurück. Klar? Rein in die Abflughalle. Stellen Sie sich vor: Dort gibt es eine Herrentoilette. Ob Sie müssen oder nicht – Sie gehen rein. Man hat Waschbecken angebracht. Neben dem zweiten steht eine große Abfalltonne aus Plastik. Augenblicklich ist sie mit benutzten Papierhandtüchern etwa zur Hälfte gefüllt. Mitgekommen?"

„Ich sehe alles leibhaftig vor mir: die Herrentoilette, die Waschbecken, die Abfalltonne. Es ist wirklich ein Flughafen mit allem Komfort."

„Sie benehmen sich unauffällig, Rehm. Tun Sie so, als wollten Sie sich die Hände waschen. Sobald Sie allein sind, verstecken Sie die Geldtasche in der Abfalltonne. *Unter* den Papierhandtüchern. Klar?"

„Ich werde sie tief eingraben. Trotzdem ist das Risiko groß. Wenn nun weranders sie findet?"

„Das lassen Sie meine Sorge sein. Ich passe auf. Wer aus dem Abort kommt, muß an mir vorbei. Auch Sie sind unter Beobachtung. Aber Sie werden mich nicht bemerken. Und ich rate Ihnen, sich nicht den Hals zu verdrehen. Sonst ist Malaga Ihre Endstation."

„Ich werde Sie ganz bestimmt übersehen."

„Zischen Sie los!"

„Und wenn Sie das Geld haben – wann erfahre ich, wo meine Schwester versteckt ist?"

„Erst das Geld! Dann sehen wir weiter."

Er legte auf.

Mike drückte auf die Gabel, rief die Telefonzentrale des Hotels an und fragte, woher das Gespräch gekommen sei.

„Von außerhalb, Sir", antwortete die Telefonistion. „Jedenfalls hat Sie niemand aus dem Hause hier angerufen."

Mike nahm die Geldtasche aus dem Koffer, schlüpfte in seine Jacke und verließ das Zimmer. Mit dem Lift fuhr er hinunter. Was er an spanischem Geld bei sich hatte, reichte vorerst. Vorhin auf dem Flughafen hatte er D-Mark eingewechselt.

An der Reception gab er seinen Schlüssel ab.

In der Halle saßen einige Gäste. Eine ältere Dame las die TIMES, ihr Mann blätterte in einem Reiseführer, fand aber nicht, was er suchte.

Der dritte Gast hatte sich hinter einer spanischen Zeitung verschanzt: ein Mann mit länglichem, ausdruckslosen Gesicht, dunklem Haar und spitzen Kinn.

Ein flüchtiger Blick streifte Mike, dann vertiefte er sich wiede in seine Lektüre.

Vor dem Hotel stand ein Taxi. Aber der Fahrer bedeutete

Mike mit Gesten und Englisch-Brocken, er sei bestellt, sein Fahrgast käme gleich.

Mike mußte eine Weile suchen, bis er ein Taxi fand, das ihn zum Flughafen brachte.

14. Treffpunkt Flughafen-Klo

Lappmann grinste. Seine Findigkeit hatte ihm wiedermal geholfen.

Vielleicht bot sich jetzt die ersehnte Gelegenheit, diesem Fischer – seinem Beinahe-Doppelgänger – die Brieftasche samt Reisepaß abzunehmen. Vielleicht war sogar ein Blutgruppen-Ausweis drin; und er schloß nicht aus, daß auch Fischer die Blutgruppe null hatte. Bei der Ähnlichkeit war alles möglich.

Er hatte Fischer beschattet, als sich der im CARAMBOLO in die Hotelhalle hockte. Wie der Blitz war Fischer vom YUCAS dorthin gesaust, hatte aber unterwegs einen Taxifahrer angewiesen, vor dem Hotel auf ihn zu warten.

Lappmann lauerte in der Nähe. Selbstverständlich trug er Perücke und Sonnenbrille und seine unauffälligste Jacke.

Der junge Mann kam auf die Straße. Er war ein gutaussehender Bursche mit schwarzer Flugtasche, von der er keine Sekunde die Hand ließ.

Er suchte ein Taxi und schien es eilig zu haben.

Lappmann sah, wie Fischer aus dem Hotel stürzte.

„Aeropuerto *(Flughafen)*!" wies er den Fahrer an, und ab ging die Post.

Na, also!

Lappmann hatte Glück.

Ein Taxi zockelte vorbei.

Der Fahrer war jung und für ein Trinkgeld bereit, alle Geschwindigkeitsvorschriften zu mißachten.

Lappmann erreichte den Flughafen als erster, postierte sich hinter einer Reisegruppe. Freilich fiel sein Verhalten außer Lappmann niemanden auf.

Der junge Mann erschien.

Er presste die Lippen aufeinander. Den Kopf hielt er gesenkt wie ein angreifender Stier.

Ohne nach rechts oder links zu sehen, strebte er auf das WC zu und verschwand hinter der Tür.

So schlecht sind die Toiletten im CARAMBOLO bestimmt nicht, dachte Lappmann, daß der Junge deshalb hierher kommt.

Er beobachtete Fischer.

Wie verhielt der sich?

Er schwitzte. Seine Haut glänzte. Wie hypnotisiert starrte er auf die Toilettentür.

Lappmann überlegte. Worum ging's? Hatte Fischer den Jungen hierher bestellt? Warum ließ er ihn dann warten?

Die Tür wurde geöffnet.

Ein dicker, älterer Mann kam heraus. Offensichtlich hatte er Angst vorm Fliegen. Aber er mußte zurück in die Niederlande – jedenfalls sah er wie ein Holländer aus. Die Angst schlug auf die Blase. Er schien zu überlegen, ob er nochmal in den Abort gehen sollte. Dann entschied er sich dagegen und watschelte zu seiner Familie, einer dicken Frau und drei dicken Kindern.

Ein Flughafenarbeiter kam aus der Toilette, dann ein Schulanfänger aus dem nördlichen Europa. Der Drei-Käse-hoch hatte Schwierigkeiten mit dem Reißverschluß seiner Hose, die er nämlich nicht schließen konnte.

Aber das war nicht so wichtig wie die zollfreie Schokolade, die er noch kaufen wollte.

Endlich! Der junge Mann kam zurück.

Lappmanns Augen weiteten sich hinter den Gläsern der Sonnenbrille.

Die Tasche! Die schwarze Umhängetasche! Der Junge hatte sie in der Toilette gelassen. Vergessen? Nie!!!

Alles klar! dachte Lappmann. Eine heiße Kiste, bei der jetzt der Deckel aufgeht. Da wird was übergeben. Aber Fischer will nicht in Erscheinung treten. Rauschgift? Geld? Oder etwas, das für einen Dritten keinen Wert hat?

Der junge Mann schien mit seinem Geschick zu hadern. Er wirkte bedrückt und voller Zorn. Offenbar mußte er sich zügeln, und das ging ihm gegen den Strich.

Er starrte vor sich hin, stampfte hinaus, verharrte eine Sekunde und ging dann weiter zum Taxi.

Er stieg ein. Aber ein Bus blockierte die Mietdroschken. Das Taxi konnte nicht abfahren.

Fischer hatte sein Versteck in der Menge aufgegeben und sich näher an die Toilette herangeschoben. Zwei Paar Augen hätte er jetzt gebraucht: einmal, um die Abfahrt des Jungen zu überwachen, zum anderen, um auf die Aborttür zu achten.

Er entschied sich, die Überwachung zu vernachlässigen.

Auch Lappmann sah nicht, ob der Junge wirklich abfuhr, sondern folgte Fischer in den Toilettenraum.

Allerdings ließ er ihm eine Zeitspanne Vorsprung. Fischer sollte Gelegenheit haben, sich der Tasche zu bemächtigen. Sicherlich ging das im Handumdrehen, denn an Verstecken war die Bedürfnisstätte arm.

Lappmann drückte die Tür auf, geräuschlos.

Fischer stand beim Waschbecken und wandte ihm den Rükken zu. Er beugte sich über eine große Abfalltonne und hatte bis zur Schulter den Arm hineingetaucht. Jetzt zog er ihn heraus. Seine Hand hielt die schwarze Ledertasche.

Kein Dritter war hier.

Lappmann sprang vorwärts.

Vor Jahren hatte er sich mit Selbstverteidigung abgequält, aber außer blauen Flecken und Abschürfungen nichts erreicht. Doch den von innen gezogenen Handkantenschlag mit links – den beherrschte er perfekt.

Fischer spürte plötzlich, daß jemand hinter ihm war, und wollte herumfahren.

Es war längst zu spät.

Der Schlag traf sein Genick und wurde verstärkt durch den Sprung, mit dem Lappmann auf sein Opfer zuschnellte.

Fischer stürzte kopfüber in die Abfalltonne.

Er war bewußtlos. Sein Gesicht lag auf nassen Papierhandtüchern. Seine Hand ließ die Tasche los.

Lappmann griff um sein Opfer herum und zog ihm die Brieftasche aus der Jacke. Gleichzeitig sah er zur Tür. Aber niemand kam herein. Er machte kehrt.

Beinahe hätte er die schwarze Tasche vergessen.

An ihrem Umhängeriemen riß er sie hoch.

Dann war er draußen in der Halle, trollte sich weg vom Abort und schob den Riemen über die Schulter.

Der Inhalt der Tasche war nicht übermäßig schwer. Hatte Fischer ihn gesehen? Nein! Der hatte nicht vor dem Spiegel gestanden, sondern seitlich des Waschbeckens – und ihm, Lappe Lappmann, den Rücken zugewandt.

Seine Neugier loderte. Aber er bezähmte sich.

Wahrscheinlich enthielt die Tasche was, womit er nichts anfangen konnte. Das war auch nicht wichtig. Er hatte die Brieftasche. Die, und nur sie, war sein Ziel gewesen.

Er ging zu den Taxis hinaus. Der junge Mann war nicht mehr zu sehen.

Lappmann setzte sich in den Fond eine Mietdroschke. Als Fahrtziel gab er das YUCAS an.

Auch jetzt hielt er sich zurück. Allerdings schob er die Hand in die linke Brusttasche seiner Jacke und befühlte Fischers Brieftasche. Ja, da war ein Reisepaß. Und er fühlte auch die Kanten von Geldscheinen.

Wie angenehm! Er nahm mit, was sich kriegen ließ.

Scheinbar dösig glotzte er durch die Windschutzscheibe auf die Straße hinaus.

Ohne den Blick abzuwenden, zog seine linke Hand den Reißverschluß der schwarzen Flugtasche etwas auf.

Er griff hinein.

Seine Hand zuckte zurück, als hätte er eine Klapperschlange an den Zähnen berührt.

Das...konnte nicht wahr sein.

Sein Blick suchte den Rückspiegel.

Himmel! Er hatte sich verfärbt, als wäre seine Galle geplatzt. Abermals schob er die Finger in die Tasche. Dann hob er sie zwischen seine Schenkel und senkte den Kopf.

Der Reißverschluß war nur wenig geöffnet – gerade soviel, daß er die Hand hineinschieben konnte.

Was er sah, genügte. Sein Herz begann zu hämmern. Seine Finger wühlten. Geldbündel! Geldbündel! Alles Geldbündel! Ein Vermögen in D-Mark. Wieviel? Mehr jedenfalls als er dem Scheich abgeluchst hatte.

Eine Glückssträhne. Mann, o Mann! Aber auf das Gleis, dachte er, bin ich nur geraten, weil ich diesem Straßenräuber in die Hände fiel. Meine geplante Erpressung bekam ein anderes Gesicht. 50 000 Dollar sind dabei rausgesprungen. Und im Zuge der Haken, die ich schlagen muß, geht der warme Regen auf mich nieder.

In seinem Hotelzimmer machte er sich über das Geld her. Er zählte nur überschlägig, war aber sicher, daß es sich um eine halbe Million handelte.

Um echtes Geld. Das sah er sofort. Wie alle zur Zeit gängigen Blüten aussahen, wußte er genau.

Schmunzelnd betrachtete er Fisches Reisepass.

Die Angaben zur Person trafen auf ihn zu. Auch die Augenfarbe passte. Der Typ hieß Gottfried – was nicht schlimmer war als der Ferdinand. Außerdem enthielt die Brieftasche Peseten und DM sowie einen Zettel mit einer siebenstelligen Zahl. Sicherlich war das eine Rufnummer in Deutschland.

Er legte das Geld zu seinen Dollars in den Koffer und rief den Flughafen an.

Er hatte Glück. In der nächsten Lufthansa-Maschine war ein Platz für ihn frei.

Selbstverständlich buchte er auf den Namen Fischer.

*

Locke saß in der Badewanne.

Es war eine Wohltat nach dem überstandenen Schrecken. Helga verwöhnte ihre künftige Stieftochter, schüttete immer wieder Fichtennadel-Badesalz ins Wasser und brachte jetzt ein Tablett mit Leckereien: frischem Obst, warmer Milch, Tannenhonig.

Tom durfte nicht ins Bad. Das wäre unschicklich gewesen.

Durch die geschlossene Tür meinte er: „Gib bloß nicht so an! Das bißchen Entführung! Wahrscheinlich läßt du dich jetzt bis Weihnachten verwöhnen, und dann bricht sowieso die Verwöhnungszeit an. So gut möchte ich's auch mal haben. Ein bißchen mehr Gleichberechtigung für uns Männer täte not."

„Das wäre keine Gerechtigkeit", rief Locke, „sondern liefe darauf hinaus, daß man euch überbewertet. Außerdem bist du noch lange kein Mann – allenfalls ein Anwärter."

Helga kam aus dem Bad und patschte ihrem Sohn eine Handvoll Badeschaum ins Gesicht.

„Damit du's auch mal gut hast, du Armer. Von Locke sieht man nur noch die hochgesteckten Haare. Bis zur Nasenspitze ist alles Schaum."

„Falls du dich etwas beeilst", rief Tom, „nehme ich dich mit, Nina Rehm. Ich werde nämlich in die City stoßen, sozusagen zu Immobilien-Willek bohren. Weil ich's erleben will, wie ihn die Polizei abführt. Hoffentlich legen sie ihm Handschellen an. Vielleicht widersetzt er sich der Festnahme. Das wäre ein Grund, ihn mit dem Gummiknüppel durchzuwalken."

„Ich komme mit", rief Locke. „Warte auf mich. Bin schon beim Abtrocknen. Vielleicht kann ich ihm meine Verachtung ins Gesicht schleudern – und dazu beide Hände."

Aus dem Wohnraum rief Gunter: „Nicht so laut, ihr Gesindel. Ich habe jetzt die Carambolo-Nummer."

Tom marschierte zu ihm und ließ sich im benachbarten Sessel nieder.

Gunter wählte sich den Finger schief.

Beängstigende Weltraum-Geräusche drangen aus der Leitung. Dann knackste es, als breche einem Säbelzahntiger der Säbelzahn ab.

Aber statt Schmerzensgebrüll meldete sich die Stimme einer spanischen Telefonistin.

Gunter setzte voraus, daß sie des Englischen mächtig sei, ließ also seine kümmerlichen Spanisch-Kenntnisse im Unterbewußtsein und verlangte:„ Mr. Mike Rehm, bitte."

Er wurde verbunden.

Nach zweimaligem Läuten hob Mike ab und zischte seinen Namen in den Hörer.

„Ich bin's", sagte Gunter. „Warum, zum Teufel, hast du dich nicht gemeldet? Wir..."

„Ging nicht. Ich war weg, Väterchen. Der hat mich..."

„Kannst gleich berichten. Das Wichtigste voraus. Locke ist frei. Ist gesund und wohlbehalten. Ist wieder hier. Tom hatte eine Idee, die richtig war. Einfach umwerfend! Dem Unbedarften muß das vorkommen wie Hellseherei, was aber in Wahrheit eine Mischung ist aus Gedächtnis, Logik und Phantasie. Wir sind happy. Locke sitzt in der Badewanne. Sie läßt dich grüßen."

„Sag ihr, daß mir der größte aller Steine vom Herzen fällt. Aber dein Anruf – verdammt!, verdammt! – kommt zu spät."

Gunters Atem stockte. „Heißt das..."

„Das Geld ist weg. Ich habe es abgeliefert. Mußte es sozusagen einem toten Briefkasten übergeben."

Elender Mist!

Gunter preßte die Zähne aufeinander. Etwas Zunge geriet dazwischen. Die Flüche, die er ausstieß, wurden noch lästerlicher.

„Hast völlig recht", sagte Mike. „Wir haben 500000 verschenkt. Für nichts und wieder nichts. Man könnte sich vergessen."

„Hast es also in einen toten Briefkasten gegeben? Ist dir der Fischer begegnet?"

„Fischer?"

„Entschuldige! Du kennst ja noch nichts von den Hintergründen."

Gunter berichtete. Von Willek, von Fischer – und wie alles gelaufen war.

Es wurde ein teures Gespräch, aber darauf kam es jetzt nicht mehr an. 500000 waren futsch. Da sollte auch die Bundespost, Abteilung Ferngespräche, ihren Anteil kriegen.

Mike gab Laute der Verblüffung von sich, pfiff oder schnalzte und grunzte anerkennend.

„Dann habe ich's also mit einem Gottfried Fischer zu tun. Hm! Wie Locke den Typ beschreibt – das trifft zu auf eine Figur, die vorhin unten in der Hotelhalle hockte. Schon möglich, daß mich der Macker beobachtet hat. Werde ein bißchen durchs Viertel schlendern. Vielleicht begegne ich ihm. Daß er hier im Carambolo wohnt, glaube ich nicht. Aber wahrscheinlich in der Nähe."

„Woraus folgerst du das?"

„Nach dem Telefonat mit ihm bin ich spornstreichs aufgebrochen. Als ich runterkam, saß er bereits in der Halle – falls er's wirklich war. Er muß also aus der Nähe telefoniert haben. Sonst hätte er den Spurt hierher nicht geschafft."

„Richtig. Aber unternimm nichts, Mike. Warte, bis ich da bin. Zusammen sind wir stärker. Ich komme mit der nächsten Maschine. Spätestens morgen mittag. Laß für mich ein Zimmer reservieren."

„Verstehe. Wir müssen das Geld zurückkriegen, ja?"

„Mir wäre es egal, ob unser Häuschen belastet ist. Aber es wird mal das einzige sein, das ich Locke und dir hinterlasse."

„Vergiß es, Väterchen. Der Gesichtspunkt kommt doch überhaupt nicht in Betracht. Du wirst 100 Jahre alt. Dann bin ich 75. Was soll ich als Rentner mit der Hälfte unserer Bude?" Er lachte. „Und Locke als Siebzigerin! Nina Rehm-Conradi ist dann sicherlich Präsidentin des Tierschutzvereins und braucht ein viel größeres Gemäuer, um außer ihrer Ehe mit Tom auch ihre Betriebsamkeit abzuwickeln. Nee, Gunter! Unser Erbe ist unwichtig. Wir erben, was du uns an Gedanken vermittelst. Das ist sowieso unbezahlbar. Das kriegt man nicht für 500000."

„Danke, Mike!" Er legte eine Pause ein, bevor er sagte: „Aber 280000 sind von Helga. Dir brauche ich nicht zu sagen, daß sie für Locke – für jeden von uns ihr letztes Hemd geben würde. Schließlich sind wir fünf, weiß-Gott!, eine Gemeinschaft.

Aber das darf nicht unseren Jagdinstinkt dämpfen. Dieser verdammte Verbrecher hat keinen Anspruch auf die Kohle. Von der spanischen Polizei ist nicht viel zu erwarten. Devisen *(ausländische Zahlungsmittel)* sind überall willkommen. Da fragt keiner, woher der Überbringer sie hat."

„Wir müssen uns selbst helfen."

„Und das heißt: Wir beide müssen Fischer finden und ihm das Geld abnehmen. Ihn dann der Polizei auszuliefern, steht auf dem zweiten Blatt."

„In Ordnung. Ich lasse Vorsicht walten, wenn ich mich umsehe."

15. Fluchtversuch

Locke stand vor dem Badezimmerspiegel. Mit der linken Hand aß sie eine Banane, mit der rechten föhnte sie ihre Knistermähne.

Tom stampfte in der Diele auf und ab. Bei jedem Schritt trat er auf, als solle das Haus einstürzen.

„Jaja", rief Locke. „Komme ja. Nur noch ein halbes Minütchen."

„Es wird zwar behauptet", antwortete er durch die Tür, „Frauen und Mädchen wären der bessere Teil der Menschheit. Aber einen entscheidenden Fehler habt ihr!"

„Ich habe keinen", verwahrte sie sich. „Sieht man mal ab von meinem etwas schiefwachsenden Weisheitszahn – oben links, gleich neben der Rachenmandel. Aber von dem Fehlerchen weiß keiner außer mir. Und Helga hat noch weniger Fehler. Was also meinst du, zum Teufel?"

„Ihr seid so unheimlich pünktlich."

„Wieso?"

„Frauen und Mädchen haben den Vorteil, daß sie immer rechtzeitig fertig sind. Man braucht nie auf sie zu warten."

„Du meinst das ironisch."

„Erraten."

„Eine völlig unbegründete Verleumdung. Helga und ich weisen das zurück."

„Wenigstens dabei seid ihr pünktlich. Aber sonst? Da will man ins Theater. In feinster Schale steht man in der Diele und wartet. Aus Bad- oder Schlafzimmer tönen Vertröstungen, aber deshalb werdet ihr und euresgleichen nicht eher fertig. Genau so ist es, wenn das Taxi wartet, wenn man ins Kino will, zu Freunden oder zum Flughafen. Immer hocken die Männer längst im Startloch, aber das kostet nur Nerven. Warten kann rasend machen. Zum Beispiel jetzt, wo doch dem Willek die Stunde schlägt. Soll ich noch ein bißchen Zeitung lesen oder Nicki das Fell bürsten?"

Locke lächelte und stieg in ihre Stiefel. Sie war fertig.

Aus der Diele drang ein uriger Schrei.

„Ich habe ihm eins übergezogen, diesem Rufmörder", ließ sich Helga vernehmen. „Laß dich nicht beirren, Locke. Weshalb sind er und seinesgleichen denn eher fertig als wir? Weil an ihnen nichts dran ist, was gepflegt werden muß. Sie steigen allenfalls in eine andere Kluft. Aber die Frisur ist immer dieselbe, das Gesicht ist immer dasselbe. Sogar die Witze sind immer dieselben. Wer so ausgestattet ist, kann zwar pünktlich sein. Aber große Töne kann er nicht spucken."

Locke verließ das Bad.

Tom stand in der Diele und hielt ihren Poncho einstiegbereit.

Gunter kam aus dem Wohnraum. Seine Miene war ernst. „Mike hat das Geld bereits abgeliefert. Ich fliege morgen nach Malaga. Hab' schon gebucht."

„Und wir?" fragte Helga.

Gunter schüttelte den Kopf. „Das wird eine gefährliche Kiste. Nichts für dich und Locke."

„Um des Geldes wieder habhaft zu werden", nickte Tom, „muß man früh aufstehen – und rechtzeitig fertig sein. Sowas ist nur was für Gunter, Mike und mich."

„Aber du bleibst hier", sagte Gunter.

„Waaaaas?"

„In der Maschine ist kein Platz mehr frei", erläuterte Gunter. Sein Ton ließ offen, ob das der Wahrheit entsprach. „Außerdem weiß man nicht, ob Fischer wirklich in Spanien bleibt. Vielleicht blufft er."

„Du meinst", überlegte Tom, „er kehrt dorthin zurück, wo man ihn am wenigsten vermutet. Also hierher."

„Exakt. Deshalb fühle ich mich wohler, wenn ich unsere Damen nicht ohne Schutz weiß."

Tom brummte. Diesen Auftrag konnte er nicht ablehnen. Obschon er lieber nach Malaga gejettet wäre, um Fischer in Stücke zu reißen.

„Jetzt aber Tempo!“ meinte er und nahm Locke an der Hand. „Wir sind langsamer als die langsamste Polizei.“

Sie fetzten hinaus.

Nicki wollte mit, durfte aber nicht.

Locke sah zu, wie Tom die Garage öffnete.

Gestern abend, dachte sie, habe ich das nicht mehr geschafft. Willek, dieser Racheteufel, hat mir sein scheußliches Betäubungszeug auf die Nase gedrückt. Mir dreht sich die Plauze *(Eingeweide)* um, wenn ich nur daran denke.

Grinsend schob Tom die schwere Maschine seines Freundes und künftigen Stiefbruders ins Freie.

„Spinnst du?“ erkundigte sich Locke.

„Wieso?“

„Erstens darfst du dieses Monstrum nicht bewegen. Zweitens hast du keinen Zündschlüssel. Drittens könnte ich mit meinem Mofa nicht Schritt halten.“

„Locke-Liebling! Während du dich gepflegt hast, konnte ich meine üppige Gehirnmasse zu Rate ziehen. Zu erstens: Ich dürfte nicht. Aber ich kann. Deshalb tue ich's. Ich muß nämlich, weil mir kein anderer Untersatz zur Verfügung steht. Mein Hirsch“, wie er seinen Motorroller nannte, „steht zu Hause im Stall. Bin nämlich gestern abend mit Helga im Wagen gekommen. Zu zweitens: Den Zündschlüssel habe ich mir soeben angeeignet. Er hing – wie immer – an eurem Schlüsselbrett. Und Mike wird mir nicht gram sein. Schließlich darf er auch meinen Hund gelegentlich gassi führen. Und was ist eine Maschine gegen einen Hund. Zu drittens: Selbstverständlich werde ich dich auf den Rücksitz packen. Dein Mofa bleibt hier.“

„Na, gut!“ lachte sie. „In dem Nebel sieht uns ja keiner.“

Das traf zu. Das Wetter war unverändert.

Locke grätschte auf den Soziussitz und hielt sich an Tom fest.

Er startete den Feuerstuhl, schaltete den Scheinwerfer ein und fuhr über den Gehsteig auf die Straße.

Die Maschine unter ihnen vibrierte.

Locke kannte das. Mike nahm sie manchmal mit, obschon sie behauptete, ihr Mofa sei das beste Fahrzeug der Welt.

Tom war zwar aufgrund der Verkehrsordnung noch nicht berechtigt, die schwere Maschine zu führen. Aber er war technisch absolut auf dem Quivive *(hellwach)* und hätte manchen Fahrlehrer mit seinem Können verblüfft.

„Wir fahren durch die Lohmeier-Straße", sagte er. „Dann kommen wir zwar hinter den Willek-Immobilien an. Aber die Rückseite ist so gut wie die Vorderfront. Wir tapern über den Hof und sind da."

„Was ist?" rief Locke.

„Alles ok", brüllte er zurück.

*

Fräulein Lehnert blickte auf, als Willek, ihr Chef, endlich zurückkam.

Er trug eine schwarze Krawatte zum Anzug: als Zeichen der Trauer.

Daß Willek ein angenehmer Mensch sei, hätte Fräulein Lehnert beim besten Willen nicht behaupten können. Doch seit ihn dieser schreckliche Schicksalsschlag getroffen hatte, sah sie ihm manches nach.

Atemlos schlug er die Tür hinter sich zu.

Das fleischige Gesicht glänzte feucht. Vielleicht schwitzte er, vielleicht hatte ihn der Nebel besprüht.

„Mistvolk!" knurrte er. „Halten einen stundenlang auf, und dann ist ihnen alles zu teuer. War was?"

Er zog seinen Mantel aus.

„Nur dieser Baumgärtl hat angerufen. Er mietet das Apartment. Für ein Jahr. Er besteht darauf, daß das Bad schwarz gekachelt wird. Dann würde er sich wohlfühlen. Sonst tritt er von dem Vertrag zurück."

„Auch so ein Spinner!" knurrte der Makler. „Ein schwarzes Bad! Warum nicht noch eine schwarz gepinselte Küche?"

unte Rehm?

Seufzend wandte er sich seinem Büro zu.

Als er die Hand auf die Klinke legte, rief Fräulein Lehnert: „Ach so, ja! Beinahe hätte ich's vergessen. Da war ein Interessent für die Villa in der Birken-Allee."

Willek verharrte, ohne sich umzudrehen.

„Die..äh..also, der Verkäufer...er rief an...äh...wir sollen die Sache auf Eis legen. Vorläufig."

„Ach, deshalb ist nichts mehr in der Kartei. Hab' mich schon gewundert. Auch die Schlüssel fehlen."

„Habe ich beiseite gelegt", erklärte er und öffnete seine Tür.

„Dann gebe ich Herrn Rehm Bescheid", sagte sie.

Er erstarrte. Sekunden vergingen. Der Krampf in seinem Magen ließ nicht nach.

Er spürte, wie sich das Blut aus seinem rosigen Teint entfernte. Langsam wandte er sich um."

„Wie bitte?"

Sie durchsuchte das Chaos auf ihrem Schreibtisch, fand ein Blatt und hob es triumphierend.

„Ein Herr Rehm war da. Gunter Rehm. Er scheint sehr interessiert zu sein. Jedenfalls will er sich die Villa unbedingt ansehen. Ich glaube, er prüft erstmal die Außenanlagen. Dann holt er sich den Schlüssel. Witzigerweise hat's ihm der H-Bombenkeller besonders angetan. Ich sagte ihm, daß er den auch anderweitig nutzen kann."

Willeks Mund stand offen. Die aufgestülpte Nase begann zu zucken.

„Herr Willek", fragte sie verstört, „ist Ihnen nicht gut?"

„Rehm?" ächzte er. „Gu...Gunter...Rehm?"

„Ja."

„Der...der...hat nach der...Villa gefragt?"

„Ja. Wie ich sagte. Was ist denn, Herr Willek? Er hatte ein Inserat und..."

Aber Willek hörte nicht zu.

Er warf sich herum und verschwand in seinem Büro.

Betroffen sah sie ihm nach.

Kannte der Chef diesen Rehm? Lief da was? Waren sie verfeindet?

Sie wußte nicht, daß Willeks Haß einem Mann dieses Namens galt.

In seinem Büro öffnete Willek den Stahlschrank. Seine Finger zitterten.

Wieso war das schiefgegangen? Woher wußte Rehm, daß seine Tochter dort eingesperrt war? Das konnte doch nicht sein. Für absolut sicher hatte er den Plan gehalten. Aber jetzt war die Katastrophe da.

Er nahm alles Geld aus der Kassette, ließ den Schrank offen, griff nach seinem Mantel und rannte nach vorn.

Fräulein Lehnert saß am Schreibtisch und wußte nichts anzufangen mit seinem seltsamen Benehmen.

Ein Wagen fuhr auf den Kundenparkplatz.

Willek glotzte durch die Fensterscheibe. Seine Kalbsaugen traten hervor.

Es war ein Polizei-Fahrzeug. Ein Zivilbeamter und zwei Uniformierte stiegen aus.

Er stieß einen unartikulierten Laut aus und lief in sein Büro zurück.

Eine Tür, die stets abgeschlossen war, führte in einen Flur. Willek schloß die Bürotür hinter sich ab. Vorsprung! Er brauchte Vorsprung! Jede Sekunde war wichtig.

An der Flurtür steckte der Schlüssel. Er verließ sein Büro, sperrte zu und rannte durch den Flur.

Vorsichtig öffnete er die Hintertür des Hauses.

Auch hier war Hof. Ein Schild wies ihn als Privatgrundstück aus. Weder Zaun noch Mauer grenzte ihn zur Straße hin ab.

Polizei?

Er sah keine Uniform und kein Fahrzeug. Er trat aus dem Haus.

Der Nebel begrenzte die Sicht. Das war sicherlich vorteilhaft. Aber wohin sollte er sich wenden?

Seine Wohnung lag über den Geschäftsräumen. Dorthin konnte er nicht. Hatte die Bank noch geöffnet? Wenn er sein Geld abhob und untertauchte, war er zunächstmal gerettet.

Er hastete los.

Im Nebel röhrte eine schwere Maschine.

Jetzt sah er den Scheinwerfer.

Die Maschine drosselte das Tempo, bog ab und rollte auf sein Privatgrundstück.

Aufatmend stellte er fest, daß es sich nicht um Polizei handelte. Sondern um ein Pärchen, jedenfalls saß ein langmähniges Geschöpf auf dem Rücksitz.

Er wollte sich abwenden und die Straße hinabjagen. Aber plötzlich war die Maschine vor ihm und hielt.

„Ist er das?" fragte Tom.

Locke richtete sich auf. Langsam rutschte sie vom Sattel. Nur zwei Schritte lagen zwischen Willek und ihr.

Toms Frage blieb unbeantwortet. Aber dessen bedurfte es auch gar nicht.

Willek war erstarrt. Sein Marzipan-Teint wurde grauer als der Nebel. Der Unterkiefer begann zu zittern.

Absteigend bockte Tom die Maschine auf: eine Bewegung, ein Griff. „Ja, da bin ich", sagte Locke. Ihr Puls hämmerte. Sie musterte das abstoßende Gesicht.„Sie wollten mich umbringen. Umkommen sollte ich. Mörder! Mörder! Mörder!"

Sie spuckte ihn an.

Tom stand neben ihr. „Wie gehetzt der aussieht, der Kidnapper! Wahrscheinlich ist die Polizei schon im Haus. Und er will sich verflüchtigen."

Damit lieferte er das Stichwort.

Willek sprang an ihnen vorbei. Gleichzeitig riß er den Arm hoch, um Tom zur Seite zu stoßen.

Tom wertete das als tätlichen Angriff und stoppte ihn mit einem Yama-Tsuki *(Karate: doppelter Faustetoß).*

Willek wurde auf Leber und Nase getroffen. Er fiel um wie ein Lichtmast im Orkan. Auf dem Boden rollte er zur Seite.

Als er liegenblieb, tauchte sein Gesicht in eine Pfütze mit Schmutzwasser.

„Ertrinken soll er nicht", meinte Tom. „Wozu haben wir unsere schönen Gefängnisse."

Er drehte Willek auf den Rücken. Der Makler blutete aus der Nase. Sein Atem pfiff. Aber die Augen standen offen. Er war bei Bewußtsein.

„Du verdammter Rachegeier! Dein Gehirnrest hat noch nicht gerafft, daß du auf der falschen Fährte warst. Du wolltest meine Freundin verhungern lassen. Oder sie sollte sich mit der Kofferbombe zerfetzen. Aber du hast die falsche Tochter erwischt, du Idiot. Der Mann, der deine Familie auf dem Gewissen hat, heißt Günter Rehm. Und das ist ein ganz anderer."

In Willeks Augen zog ein Ausdruck ein – so ähnlich wie Irrsinn.

Tom packte ihn am Kragen und begann zu schütteln. „Wieviel Sprengstoff ist in dem Koffer? Wie groß ist die Gefahr, Willek?"

„Nichts...nichts ist...", seine Zähne klapperten, „nichts ist...in dem Koffer. Nur...Ziegelsteine."

„Ziegelsteine?" fragte Tom verblüfft. „Und der Schlüssel?"

„Kein...kein Schlüssel."

Tom ließ ihn los und richtete sich auf.

„Begreifst du", sagte er leise. „Auch wenn du tollkühn gewesen wärst und den vermeintlichen Bombenkoffer geöffnet hättest – null Chance, Locke. Kein Schlüssel. Nur Ziegelsteine. Fischer hätte sich die Mühe sparen können."

Sie starrte den Mann an.

Blut floß aus seiner Nase, floß über Kinn und Hals. Er lag verkrümmt. Toms linke Faust hatte seine Leber geschockt.

Haßte sie diesen Menschen, der ihren Tod gewollt hatte? Fürchtete sie ihn? Entsetzte sie seine Roheit?

Ich fühle nichts, dachte sie. Seltsam. Ich bin gerettet. Er ist mir gleichgültig. Ich kann begreifen, daß er verzweifelt ist – über den Tod seiner Frau und seiner Tochter. Aber dieser

Günter Rehm hat es doch nicht mit Absicht getan. Ihn trifft nicht mal Schuld. Und selbst wenn – wohin kämen wir, wenn jeder mit Selbstjustiz anfinge!

Sie hatte begriffen, daß Willeks Haß und Vernichtungswille nicht ihrer Person galt. Es war nicht persönlich gemeint – obwohl es beinahe ihr Ende gewesen wäre.

Die Hintertür flog auf.

Ein Polizist stürmte heraus, hinter ihm ein zweiter.

„Heh!" rief der erste. „Was geht hier vor?"

„Vermutlich suchen Sie einen gewissen Otto Willek", sagte Tom. „Da liegt er."

16. Ohne Geld, ohne Ausweis

Als Fischer zu sich kam, drückte etwas hart auf seinen Magen.

Er öffnete die Augen. Feuchte Papiertaschentücher klebten an seinem Gesicht. Kopfschmerz bohrte in den Schläfen. Das Genick tat weh. Was seinen Leib so quetschte, war der Rand der Abfalltonne.

Vorsichtig richtete er sich auf. Die Umgebung tanzte vor seinen Augen. Schwankend hielt er sich am Waschbecken fest. Im Spiegel sah er sein Gesicht. Es gefiel ihm nicht. Im allgemeinen sah er besser aus.

Dieser verdammte Hund! Dieser scheinheilige Typ! Schlitzohr! Verbrecher! Ganove! War der blöde, daß er dieses Risiko einging? Oder war es ihm schnuppe, was mit seiner Schwester geschah?

Kein anderer Gedanke hatte Platz in Fischers Schädel. Nur das: Mike Rehm hatte ihn hinterrücks überfallen – und beraubt, hatte die 500 000 D-Mark geschnappt, die ihm, Fischer, zustanden. Zum Henker! Wenn nicht mal mehr diesen braven Spießern zu trauen war – wen konnte man dann noch erpressen?

Er senkte den Kopf. Sein Blick suchte den Boden ab.

Klar! Die Tasche war weg.

War das Geld überhaupt drin gewesen?

Jemand kam herein und ging an Fischer vorbei. Es war ein älterer Herr im eleganten Zweireiher.

Offenbar hielt er Fischer für betrunken. Jedenfalls wich er ihm im Bogen aus. Mit mißtrauischem Blick verzog er sich zu einem entfernten Urinal.

Glotz nur, du Heini! dachte Fischer. Soll ich dich ins Genick hauen und dir die Brieftasche…

Heh! Ihm wurde bewußt, daß sich seine Jacke an der Brusttasche ungewohnt leicht anfühlte.

Er tastete über den Stoff.

Dieser Dreckskerl! Auch die Brieftasche fehlte. Sollte das einen Straßenraub vortäuschen – einen ortsüblichen, spanischen Straßenraub? Bildete der Typ sich das ein?

Durchtrieben wie unsereins, dachte er. Tut so, als wolle er weg. Steigt in ein Taxi. Wahrscheinlich läßt er's nach 100 Metern halten und kommt zurück und... Nein, nicht nötig. Der Bus hat die Abfahrt verhindert. Daß ich sofort zu der Tasche hechte, konnte er sich denken, der Fallensteller. Und dann schleicht er an – und ich in meiner Knetegier höre ihn nicht...

Er drehte den Wasserhahn auf.

Vorsichtig wusch er sich Stirn und Gesicht.

Der ältere Herr trat an das andere Waschbecken. Es war schmutzig. Er verzichtete auf eine Säuberung der Hände und warf nur einen prüfenden Blick in den Spiegel. Indem er absockte, rüttelte er an seinem Krawattenknoten.

Ohne Geld, ohne Ausweis! dachte Fischer. Jetzt sitze ich in der Tinte. Aber warte nur, Freundchen. Hier sind wir auf neutralem Boden. Du entkommst mir nicht.

Er benutzte ein Papierhandtuch. Dann schleppte er sich hinaus.

In der Jackentasche fand er etwas Geld. Es reichte für die Taxi-Fahrt.

Im YUCAS ließ er sich den Zimmerschlüsel geben.

Als er seine Bude aufschloß, wurde ihm übel. Rasch nahm er einen Schluck aus der Schnapsflasche, die er im Koffer hatte. Das half.

Siedend heiß durchschoß ihn ein Gedanke. Plötzlich wußte er, weshalb Mike Rehm soviel riskierte.

„Sie haben das Mädchen gefunden", flüsterte er vor sich hin. „Das ist die einzige Erklärung. Ja. Irgendwie wurde die Kleine entdeckt. Rehm ruft seinen Sohn an. Sie jubeln. Aber der kesse Mike will's dem Erpresser noch zeigen. Er spielt sein Spielchen mit mir. Perfekt, wie er den Zerknirschten gemimt hat. Natürlich war keine müde Mark in der Tasche. Papier war drin. Zeitungspapier. Jedenfalls hat er sich gerächt, der Bursche. Ich sitze da ohne Geld, ohne Ausweis. Jetzt braucht er nur noch die Polizei zu verständigen. Vielleicht sucht die schon nach mir. Nein, das nicht. Dann hätte er die Bullen gleich mitgebracht. Wahrscheinlich scheut er die Umstände. Wie will er denen klarmachen, daß ich wirklich der Erpresser bin?

Er trank noch einen Schluck.

Dann rief er im CARAMBOLO an.

War Mike Rehm noch da? Hatte er das Hotel gewechselt? Nach Deutschland konnte er heute nicht mehr zurück. Oder? Hatte er die letzte Maschine erreicht?

Er wurde mit Mike verbunden. Und atmete auf, als er dessen Stimme vernahm.

*

Sekunden zuvor hatte Mike sein Gespräch mit Gunter beendet.

Die Freude, daß Locke gerettet war, durchpulste ihn. Alle Energie galt jetzt dem Ziel, das Geld wieder herbeizuschaffen.

Abermals klingelte das Telefon.

„Hallo", sagte die bekannte Stimme des Erpressers.

Unwillkürlich spannte Mike die Muskeln – besonders die der Schenkel. Dort war er besonders stark, was er nicht zuletzt dem Kicken verdankte, seiner Leidenschaft.

Dem Fußballspiel brachte er große Opfer. Alle Naslang war eine Sehne gezerrt, ein Knochen geprellt, ein Muskel gestaucht. Immerhin: Als Libero beim FC Eintracht war Mike eine Klasse für sich – beinahe schon eine Bundesliga-Klasse.

„Ja", meinte er. „Was ist? Stimmt die Summe nicht? Oder haben Sie gemerkt, daß es sich um Falschgeld handelt?"

„Du scheinheiliger Saukerl!"

„Wie bitte?"

„Schon gut, schon gut, mein Kleiner. Ich erwarte nicht, daß du deine Hinterhältigkeit zugibst. Aber..."

„Was ist? Ich verstehe nicht", fiel ihm Mike in die Rede.

„Aber erwarte nicht, daß du lebend aus Malaga rauskommst."

„Eigentlich hatte ich das gehofft. Weshalb dieser Haß?"

„Du hältst dich wohl für sehr schlau?"

„Ich bin schlau. Und wann, bitte, habe ich Ihnen das Du angeboten?"

„Mit der Höflichkeit ist es vorbei, Mike Rehm. Glaubst du tatsächlich, daß ich dir jetzt mitteile, wo sich deine Schwester befindet?"

„Das ist abgemacht. Wir zahlen. Sie geben uns Locke zurück, beziehungsweise nennen ihr Versteck. Also? Sie müssen nicht extra in Deutschland anrufen. Sagen Sie's mir, und die Kirsche ist gegessen."

„Ich meine, wir lassen die Kleine dort, wo sie ist."

Unfaßlich! dachte Mike. Ein Sadist! Kriegt das Geld und denkt nicht dran, seinen Teil der Abmachung zu erfüllen. Was wäre jetzt, wenn Locke noch im H-Bombenkeller säße?

„Das können Sie nicht machen", sagte er ruhig.

„Es macht dich nicht gerade hysterisch."

„Würde das was nützen? Soll ich betteln? Bitte, sagen Sie mir, wo meine Schwester ist! Wollen Sie das hören? Oder fühlen Sie sich einsam im Ausland, und wir plaudern nur ein bißchen."

„Du eingebildeter, hinterhältiger Armleuchter!" geiferte Fischer. „Deine Schwester kann verrecken. Sie bleibt, wo sie ist. Kein Wort erfahrt ihr von mir."

„Ist auch nicht nötig, Herr Fischer!" brüllte Mike zurück. „Herr Gottfried Fischer. Birken-Allee Nummer 17 steht leer. Meine Schwester ist gefunden. Weil unsere Familie aus cleveren Köpfen besteht! Da kommt Ihr Matschgehirn nicht mit, Sie arbeitsloser Beerdigungs-Onkel!"

Kein Laut war in der Leitung.

Mike erwartete einen Wutausbruch.

Aber Fischer hielt die Luft an.

Hatte es ihm den Atem verschlagen?

Hm! dachte Mike. War das unvorsichtig? Habe ich zuviel verraten? Läßt er jetzt die Vorsicht raus und haut ab nach Nordafrika?

Knacks! – die Verbindung war unterbrochen. Fischer hatte aufgelegt.

17. Pedro macht mit

Der Polizeiwagen fuhr ab.

Locke, Tom und Fräulein Lehnert standen am Fenster des Immobilien-Büros und blickten hinterher.

Willek saß im Fond. Durchs Heckfenster war seine Silhouette zu sehen. Er hatte den Kopf in den Nacken gelegt. Seine Nase blutete seit einer halben Stunde und hörte nicht auf.

Jetzt verschwand der Wagen im Nebel.

Fräulein Lehnert zitterte.

„Ich... verstehe das alles nicht. Ich habe nichts begriffen. Was war mit dem Haus? Der Kommissar hat ihn schrecklicher Verbrechen beschuldigt. Aber das kann doch nicht sein."

Hilfesuchend sah sie die beiden an.

„Leider doch", sagte Tom. „Willek ist ein Verbrecher. Vielleicht wird ihm verminderte Schuldfähigkeit zugebilligt – weil er sich wegen des tragischen Unfalltodes seiner Frau und seiner Tochter in einen Rachegedanken hineingesteigert hat. Aber seine kriminelle Energie – wie man das nennt – war gewaltig. Er ging planmäßig vor. Was er verbrochen hat, sehe ich so: Menschenraub, Körperverletzung, Mordversuch. Wenn ich Sie wäre, würde ich mich nach einem anderen Job umsehen. Der Immobilien-Markt muß künftig ohne Herrn Willek auskommen."

Fräulein Lehnert legte die Finger an die Schläfen. Ihr Gesicht war kreidebleich.

Seltsamerweise wirkte sie dadurch weniger farblos als sonst.

„Mich wollte er umbringen", sagte Locke. „Sie können mir glauben, es war kein Vergnügen, in dem Keller zu sitzen."

Sie erzählte. Fräulein Lehnert sank auf ihren Schreibtischstuhl und schüttelte immer wieder den Kopf.

„Für so gemein", flüsterte sie, „hätte ich ihn nicht gehalten. Daß er kein Engel ist, wußte ich. Er war jedesmal ganz närrisch vor Schadenfreude, wenn er jemanden reingelegt hatte. Er hat viele Wohnungen mit feuchten Wänden vermietet. Aber sie waren frisch gestrichen, und die Mieter merkten erst viel später, was sie sich eingehandelt hatten."

„Typisch für diese Branche", knurrte Tom.

„Einmal führte er einen Mieter in eine Wohnung, die in der Nähe eines Gipswerkes liegt. Dort waren gerade Betriebsferien, es hatte tagelang geregnet, und alles sah hübsch aus. Der Mieter unterschrieb einen Fünf-Jahres-Vertrag. Die Wohnung war teuer. Dann nahm das Gipswerk seinen Betrieb wieder auf. Weißer Staub rieselte Tag und Nacht auf das Haus, in dem sich die Wohnung befindet. Der Mieter konnte zu keiner Stunde die Fenster öffnen. Trotzdem wurde seine Klage vom Gericht abgewiesen. Er konnte nämlich nicht beweisen, daß er nichts gewußt hatte – von der Gipsfabrik und deren Umweltverschmutzung."

„Typisch für diese Branche", knurrte Tom zum zweiten Mal.

Das Telefon klingelte. Fräulein Lehnert hob ab und meldete sich.

„Tag, Herr Lappmann", sagte sie. „Wie? Sie rufen aus Zürich an? Nein, der Chef ist nicht da. Nein, er kommt heute nicht mehr zurück. Nein, ist auch privat nicht zu erreichen. Nein, es hat keinen Sinn, daß Sie heute abend noch herkommen"

Sie schwieg.

Aus dem Hörer drang eine heftige Stimme.

Locke stand nahe, verstand aber nichts.

Fräulein Lehnert schien zu zögern.

Ihr Blick irrte umher. Sollte sie die Wahrheit eingestehen – oder vorläufig den Kopf in den Sand stecken?

„Es ist eine lange Geschichte", meinte sie schließlich, „am Telefon läßt sich das nicht erklären, Herr Lappmann. Sie als sein Freund werden auch nicht verstehen, wie er das tun konnte. Jedenfalls – Herr Willek wurde eben verhaftet. Er hat ein Mädchen entführt und sie eingekerkert. Sie sollte umkommen in ihrem Verlies, wurde aber gerettet. Herr Willek wollte sich an ihrem Vater rächen. Er hielt Herrn Rehm für jenen Mann,

der Frau Willek und die Tochter bei dem Unfall tödlich verletzt hat. Aber es war der falsche Herr Rehm – jemand, der mit dem Unfall überhaupt nichts zu tun hat. Grausig, was?"

Lappmann blieben die Worte weg.

Locke lehnte sich an Tom, der den Arm um sie schlang.

Wieder drang die Stimme aus dem Hörer.

„Ja", meinte Fräulein Lehnert. „Wenn Sie herkommen, erzähle ich alles genau. Wiederhören, Herr Lappmann."

Sie legte auf.

„Das war Ferdinand Lappmann", erklärte sie, „Willeks Freund."

„Vom gleichen Kaliber?" forschte Locke.

„Schlimmer. Das heißt, bisher habe ich ihn für den Schlimmeren gehalten. Aber sowas wie Willek hat er bestimmt noch nicht verbrochen. Trotzdem glaube ich, daß er ein Gauner ist. Er treibt sich in der Welt rum. Jedesmal, wenn er zurückkommt, hat er die Taschen voller Geld. Als läge das woanders auf der Straße. Jetzt war er in Spanien. In Marbella, an der Costa del Sol, scheint er irgendwelche Geschäfte zu machen. Bestimmt sind's dunkle Geschäfte."

Locke nickte. Dieser Lappmann war ihr gleichgültig.

Sie verabschiedeten sich.

Fräulein Lehnert begann, ihren Schreibtisch aufzuräumen.

Sechs Jahre hatte sie hier gearbeitet. Und gehofft, eine Lebensstellung daraus zu machen. Der Abschied war bitter.

Engumschlungen gingen Locke und Tom über den Hof.

Mikes Maschine stand noch hinter dem Haus.

„Das ist ausgestanden", sagte Locke. „Ein paar Mal werde ich schlecht träumen, dann habe ich den Willek hoffentlich vergessen. Jetzt geht's um unser Geld."

Tom nickte und machte die Maschine startklar.

„Ich kann zwar nichts dafür", sagte sie, „daß ich in diese blöde Entführung geraten bin. Aber das Geld wurde meinetwegen locker gemacht. Nur meinetwegen."

„Na und?"

„Es würde mich belasten, wenn wir es nicht zurückkriegen."

„Solchen Unsinn solltest du nicht mal denken. Helga und Gunter lachen dich aus. Auf die blöde Kohle kommt's doch nicht an. Dann ist sie eben weg. Keinen kümmert's. Außerdem kriegen wir sie zurück. Das habe ich im Gefühl, obwohl ich nicht dabei sein kann, wenn in Malaga die Fetzen fliegen. Komm jetzt! Wir brettern nach Hause."

*

Fischer saß am Fenster und starrte auf die bröcklige Wand des gegenüberliegenden Hauses.

Sein Zimmer hatte eine scheußliche Aussicht. Aber das interessierte ihn nicht. Er hatte andere Probleme.

Mike Rehm ist also noch hier, dachte er. Heute kann er nicht mehr weg. Die letzte Maschine hat abgehoben.

Das wußte er. Eben hatte er sich beim Flughafen telefonisch Auskunft geholt.

Das Mädchen ist frei, faßte er seine Gedanken zusammen. Sie wissen, wer ich bin. Wie, zum Henker, haben sie das festgestellt? Egal! Daß sie meinen Namen kennen, ist entscheidend. Ich sitze hier ohne Geld und ohne Papiere. Wie geht's weiter?

Daß Mike Rehm die hiesige Polizei verständigte, hielt er für unwahrscheinlich.

Das brachte nur Scherereien. Sicherlich scheute er die. Wie sicher fühlte sich der Jüngling?

Allein, überlegte er, komme ich nicht an ihn ran. Denn der weiß jetzt, wie ich aussehe. Ich brauche Hilfe. Pedro ist zuverlässig. Aber leider auch teuer. Der fordert seinen Anteil, wenn ich ihn reinziehe. Egal! Lieber das – als gar nichts.

Den spanischen Ganoven hatte er bei seinem erste Aufenthalt an der Costa del Sol kennengelernt. Pedro Higuera sprach deutsch. In Marbella besaß er eine Boutique. Internationale Kunden, rühmte er sich, kämen zu ihm. Aber damit allein befriedigte er seine Geldgier nicht.

Fischer hatte ihn dabei überrascht, als er morgens um halb vier auf der Plaza de los Naranjos einen betrunkenen Engländer niederschlug und ausraubte. Beinahe wäre es zur Keilerei gekommen, und Pedro hielt schon das Messer in der Hand. Aber Fischer konnte ihm klarmachen, daß er erfreut sei, einen Kollegen anzutreffen.

Er griff zum Telefon und rief in Marbella an: 77 85 46. Pedro meldete sich.

„Ich bin's", sagte Fischer. „Gottfried Fischer, dein Freund aus Alemania *(Deutschland)*. Ich bin in Malaga und brauche deine Hilfe."

„Buenas tardes *(Guten Abend)*, Gottfried. Worum geht's?"

„Um viel Geld."

„Willst du eine Bank überfallen?"

„Das wäre riskant. Was ich vorhabe, ist ein Kinderspiel. Aber ich kann's nicht allein machen. Weil mich der Bursche kennt. Er hat 500.00 D-Mark bei sich."

„Wo finde ich dich?"

„Im Yucas."

„Kenne ich nicht."

„Ist ein Hotel in der Altstadt." Er nannte die Straße.

„Erzähl die Geschichte!" verlangte Higuera.

Fischer berichtete und meinte dann abschließend: „Ich glaube nicht, daß er das Geld in seinem Hotelzimmer hat. Vielleicht ist es im Hoteltresor. Vielleicht in einem Schließfach am Flughafen. Vielleicht woanders versteckt."

„Das heißt", sagte Higuera, „wir müssen ihn in unsere Gewalt bringen."

„Du sagst es."

„Ich komme sofort. In 50 Minuten bin ich da. Den Jungen schnappen wir uns. Der wird sehr schnell reden."

„Also bis gleich."

Fischer fröstelte, als er auflegte. Pedro Higuera war ein brutaler Typ. Mike Rehm würde froh sein, wenn er sich mit dem Geld freikaufen konnte.

18. Belagerung

Yussef fror. Es war kalt in Deutschland und der Abend dunkel wie der Eingang zur Hölle.

Noch nie hatte der Araber soviel Nebel gesehen. Als hätte sich ein Meer über die Stadt gestülpt.

Ibn, der herkulische Leibwächter, war zum ersten Mal nördlich der Alpen. Er staunte offnen Mundes. Auch ihn überzog Gänsehaut.

Noch am Flughafen kaufe Yussef zwei pelzgefütterte Mäntel – für sich und seinen Landsmann. Die Nobelklamotten kosteten ein paar tausend Mark.

Aber Scheich Dschellaba hatte Spesen in unbegrenzter Höhe gestattet.

Sie bestiegen ein Taxi.

Der Fahrer verkniff sich ein Lachen.

Ibn sah komisch aus, in der Tat. Knöchenlang hing unter seinem Mantel der Burnus hervor. Der Tarbus *(arabische Kopfbedeckung)* fiel hierzulande auf.

Yussef nahm Lappmanns Kofferanhänger aus der Brieftasche. Mit dem Daumen verdeckte er den Namen, als er dem Fahrer die Adresse zeigte.

„Ring-Straße 171?" vergewisserte der sich. „Wollen Sie wirklich dorthin? Ich hatte gedacht, sie fahren ins Grand-Hotel."

Yussef verstand nicht und fragte den Fahrer, ob er englisch spreche.

„No, fast gar nicht. Aber nach Weihnachten belege ich einen Englisch-Kurs in der Volkshochschule, Mister. Wenn Sie dann mal wieder kommen, kann ich für Sie den Stadtführer machen."

Er fuhr los. Die Fahrt war nicht weit. Aber das Geschäft ging zur Zeit schlecht, und so wurde – nach einigen Umwegen – eine halbe Stunde daraus.

Bei klarem Wetter hätte er seine Fahrgäste nicht neppen können. Sie hätten gemerkt, wie nahe der Flughafen war, wo

TAXI

trotz Nebels der Flugverkehr nicht unterbrochen wurde. Aber diese Hafersuppe nahm die Sicht und schluckte alle Geräusche, sogar Düsenlärm.

Sie bogen in die Ring-Straße.

Lichtpeitschen brannten. Doch der Schein reichte nicht weit.

Kein Mensch war auf der Straße. Am Bordstein parkten Wagen. Auf straßenseitigen Fenstern schimmerte Licht.

Der Fahrer – er half nur gelegentlich aus, um sich als arbeitsloser Nachtwächter ein Zubrot zu verdienen – drosselte das Tempo. Nr. 171 mußte auf der rechten Seite liegen. Angestrengt starrte er hinüber. Jetzt fuhren sie an Nr. 177 vorbei. Daneben war ein Gasthaus mit Fremdenzimmern.

Es hieß GASTHAUS AM FLUGHAFEN. Ausgerechnet! Aber das ließ sich nicht ändern. Außerdem konnten die beiden Muselmen sicherlich kein deutsches Wort lesen.

Das übernächste Haus – Nr. 171 – na, also! – war ein kleiner Bungalow mit etwas Garten ringsrum. Nirgendwo brannte Licht. Aus der Zeitungsröhre am Gartentor quollen Reklamezettel, Postwurfsendungen und Anzeigenblätter.

Das Taxi hielt.

Yussef starrte hinüber.

Ibn blickte Yussef an.

Nach einer knappen Minute rührte sich der Fahrer. „Wollen Sie aussteigen, oder machen Sie sightseeing *(Stadtbesichtigung mit Rundfahrt)*, Sir?"

„No sightseeing", sagte Yussef. Mit dem Daumen wies er über die Schulter. „Hotel?"

„Könnte man sagen", nickte der Fahrer.

Yussefs Daumenwink wurde energisch.

Der Fahrer verstand das als Aufforderung, hinzufahren, legte den Rückwärtsgang ein und preschte 39 Meter zurück.

Im GASTHAUS AM FLUGHAFEN sprach die Junior-Chefin englisch. In ihren beiden besten Zimmern brachte sie die morgenländischen Gäste unter.

Sie wüßten nicht, wie lange sie blieben, hatte Yussef gesagt. Der Junior-Chefin war das recht. Daß Yussef zahlungsfähig war, sah man ihm an.

Lappmann, das hatte er gesehen, war noch nicht zurück. Na, schön! Vielleicht kam er heute nacht, vielleicht morgen. Irgendwann kam er bestimmt. Von hier aus konnten sie seine Adresse beobachten. Es war wie eine Belagerung.

*

Nicki lag unter dem Tisch. Gunter zog die Füße ein, um den treuen Vierbeiner nicht zu stören. Sein Schädel wärmte Lockes Zehen. Sie war aus den Stiefeln geschlüpft.

Tom sagte: „Hab ich einen Hunger! Leute, das fällt mir erst jetzt auf. Bin ja noch nüchtern wie ein Hungerkünstler. Erst konnte ich nichts essen, weil Gram mir den Magen verschließt. Dann habe ich's vergessen."

„Was hat dich gegrämt?" forschte Locke.

„Keine Ahnung", meinte er mit unschuldsvoller Miene. „Im ganzen war's ja ein ruhiger Tag. Kann nichts Wichtiges gewesen sein, was meinen Appetit stoppte. Auuuuh!"

Sie hatte einen Fuß unter Nickis Schädel hervorgezogen und Toms ans Schienbein getreten.

Zischend stieß sie die Luft aus. Gegen Toms Schienbein zogen ihre ungeschützten Zehen den kürzeren.

Tom grinste.

Laß sie albern, dachte Gunter. Je mehr, desto besser. Nach dem grausigen Erlebnis ist jeder Spaß Balsam.

Helga kam aus der Küche. Sie hatte gekocht, was sehr selten vorkommt. Ihre große Tierarzt-Praxis ließ dazu keine Zeit. Aber Lockes Rettung mußte gefeiert werden. Helga hatte einen raffinierten Nudel-Auflauf bereitet: mit gewürfeltem Schinken, Tomaten, Sahne und zerlaufenem Käse. Der Auflauf gehörte zu Lockes Lieblingsgerichten, falls ihr Appetit mal über heiße Milch und Bananen hinausging.

Sie speisten.

Noch ehe Locke, Gunter oder Mike äußern konnten, wie vorzüglich es schmecke, klingelte das Telefon.

„Kratzt uns nicht", meinte Locke. „Oder ist es Mike?"

Sie hatte, wie üblich, den kleinsten Appetit, war ja schon gelabt worden, im Bad: mit Obstsalat und Leckereien.

Also ging sie zur Klingelbüchse und meldete sich.

„Locke!" rief Mike aus südlicher Ferne. „Klingst ja wie in alten Zeiten! Freue mich unheimlich, daß du Luder wieder unter uns weilst."

„Freu dich nicht zu früh", lachte sie. „Mußt ja wieder hierher zurück. Mich hat der Erlebnisschock nicht verändert. Mach dir da bloß keine Hoffnung."

„Ohne deine Schikanen wäre mein Dasein farblos, Schwesterherz. Im übrigen will man mir hier an den Kragen. Damit ich nicht doppelt sülze, gib mir mal gleich unseren Vater."

Gunter zog sich noch eine Nudel unter den Schnauzbart und nahm dann den Hörer.

Die drei umzingelten ihn, um mithören zu können.

„Ja, Mike?"

„Ich ahnte es ja. Aber jetzt weiß ich's. Dieser Gottfried Fischer ist ein ganz schlechter Mensch. Eben rief er mich nämlich an. War stinksauer – als hätte ich ihm nicht 500.000 Mäuse, sondern eine halbe Million toter Ratten gebracht."

„Verstehe ich nicht."

„Ich auch nicht. Er meint, ich käme aus Malaga lebend nicht raus."

„Vielleicht solltest du dich doch an die Polypen wenden."

„Nee. Die stecken mich in Schutzhaft. Dann komme ich aus Malaga wirklich nicht raus, und der Schweinetreiber haut in Marbella unser Geld auf den Kopf. Aber das ist nicht das Schlimmste. Was mich wirklich entsetzt, ist seine Gemeinheit. Er stieß Verwünschungen aus gegen unsere Prinzessin und hat – du glaubst es nicht – ihr Versteck nicht verraten."

„Dieser Lump!"

„Wir haben uns angebrüllt."

„Ist verständlich."

„Leider habe ich mich hinreißen lassen. Ich habe ihn mit Gottfried Fischer angeredet und gesagt, daß Locke längst frei ist."

„Hm."

„War unvorsichtig. Aber ich sah rot. Jetzt ist er gewarnt. Trotzdem, meine ich, ändert das nicht viel. Er scheint sich ziemlich sicher zu fühlen."

„Hauptsache, wir finden ihn."

„Irre Kiste! Wir suchen einen Typ, von dem wir nicht wissen, wie er aussieht. War's der, der unten in der Hotelhalle saß? Himmel, wir brauchten ein Foto. Ein Foto von Gottfried Fischer – und wir könnten es jedem Hotelportier unter die Nase halten. Moment mal..."

Er stockte.

Weltraumgeräusche pfiffen in der Leitung.

Gunter ahnte, was er dachte, hielt es aber für besser, wenn der Vorschlag von ihm kam.

Tom blähte sein Lauschohr wie ein Segel. Mit dem Zeigefinger berührte er Lockes dritte Rippe.

„Ich organisiere das Foto. Weiß auch schon, wie. Und vor allem: wo!"

Er grinste von Ohr zu Ohr. Der Nudelauflauf war vergessen.

Mißtrauisch sah Helga ihren einzigen Sohn an.

Gunter wechselte den Hörer ans andere Ohr.

In Malaga hatte Mike inzwischen seine Gedanken geordnet.

„Mal angenommen", meinte er, „ihr könntet in Fischers Wohnung... äh... gelangen. Nahezu jedermann hat irgendwelche Fotos von sich. Locke weiß, wie er aussieht. Du, Väterchen, brächtest das Lichtbild morgen mit. Hm, ist das 'ne Idee?"

„Schon gebongt", sagte Tom, indem er sich zum Hörer beugte. „Wenn's von Fischer ein Foto gibt – dann treibe ich das auf. Halt dich senkrecht, Schwager. Und bild dir ein, du hättest Urlaub. Tschüs!"

„Hallo, Tom!" rief Mike aus der Ferne.

Helga, Locke und Tom zogen sich an den Eßtisch zurück. Nickis Schweif und die Hinterläufe ragten hervor. Er schnarchte.

„Du willst doch nicht etwa in Fischers Wohnung einbrechen?" erkundigte sich Helga.

„Bewahre!" Tom bemühte sich um eine Engelsmiene. „Aber ich werde bei Zöllich-Weg 18 die Mülltonnen filzen, den Garten absuchen und die Fensterbänke. Eben alle die Plätze, wo man im allgemeinen Fotos verwahrt."

Gunter hatte das Telefonat beendet und Toms letzte Worte gehört.

„Sehr richtig", meinte er, „Und vergiß die Vogelhäuschen nicht! Das Foto muß her. Es ist wahnsinnig wichtig."

Helga senkte ihren Blauaugen-Blick auf die Nudeln und seufzte ergeben.

Locke legte die Gabel aus der Hand.

„Warum sitzen wir hier noch? Warum sind wir nicht längst unterwegs?"

„Willst du etwa mit?" entsetzte sich Helga.

„Klar. Wer außer mir hat Fischer gesehen? Wenn Tom das allein besorgt, bringt er Fotos von Dschingis Khan, Cäsar, Heinrich, dem Löwen und Humphrey Bogart – von all den Typen, die ohne ihre Fotos nicht leben konnten. Aber uns nützt nur Fischers Konterfei *(Bildnis)*. Sonst macht der aus unserem Geld Peseten."

Tom stand auf. „Rapido! *(Schnell)* Rapido – wie der Spanier sagt, Locke-Liebling. In die Stiefel und los!"

19. Vor dem Gasthaus

Lappmann hatte die Zwischenlandung in Zürich benutzt, um Freund Willek anzurufen.

Was er von der Lehnert erfuhr, hob ihn fast aus den Schuhen.

Jetzt saß er wieder im Jet und konnte es noch nicht fassen. Dieser Durchdreher! Statt im Verborgenen Kohle zu machen, ließ er sich zu solchem Schwachsinn hinreißen. Zu ärgerlich! Mit Willeks Hilfe hatte er gerechnet.

„...Wir befinden uns im Anflug...bitte, das Rauchen einstellen..."

Dieser breiige Nebel! Es wurde keine Bilderbuchlandung.

Lappmanns Sitznachbar hatte ein Bandscheibenleiden und verzog das Gesicht.

Später, bei der Paßkontrolle, mußte Lappmann seine Heiterkeit unterdrücken.

Der geraubte Paß war Gold wert. Hier wie in Malaga ließen ihn die Uniformierten anstandslos passieren.

An der Gepäckausgabe holte er seinen Koffer vom Förderband. Ein neuer Adressen-Anhänger hing am Griff. GOTTFRIED FISCHER...ZÖLLICH-WEG 18.

Bei der Zollkontrolle pumperte ihm noch einmal die Muffe,. Was hätte der Beamte zu einem Reisenden gesagt, der 500000 DM und 50000 Dollar im Koffer hat?

Aber es ging gut.

Als er dem Ausgang zustrebte, hätte er beinahe Rad geschlagen. Geschafft! Geschafft! Er brachte ein Vermögen mit. Und alles im Handumdrehen ergaunert!

Zu gern hätte er Willek damit die Ohren vollgeprahlt.

Doch den juckten geldliche Zwänge nicht mehr.

Er trat vor das Flughafengebäude. Ein herrlicher Nebel!

Und gefällt er mir nicht, dachte er, haue ich ab nach Honolulu. Oder nach Marbella...Nee, lieber nicht. Vorläufig nicht. Dort könnte ich den Wüstensöhnen begegnen.

PASSKONTROLLE

Aber an die dachte er nicht lange.

Taxis warteten. Er stieg ein. Den Koffer stellte er neben sich auf die Rückbank.

Eine Frau saß hinterm Lenkrad. Sie hatte müde Augen.

„Ring-Straße 171", meinte er gutgelaunt.

Minuten später fiel ihm ein, daß er dorthin gar nicht wollte Seine alte Adresse – das war vorbei. Wahrscheinlich hatten sich Yussef und Ibn dort eingenistet.

Und die, dachte er, machten Hackfleisch aus mir.

Doch dann ritt ihn der Teufel.

Indem er tief in die Polster rutschte, sagte er: „Fahren Sie dort bitte ganz langsam vorbei. Ich will nicht aussteigen, sondern nur mal was sehen. Ja! Wir rollen dann noch weiter zum Zöllich-Weg."

„Zöllich-Weg?" Auch ihre Stimme war müde. „Wo ist das?"

„Das ist..."

Er hatte keine Ahnung. Woher auch? Er war nie dort gewesen – und die Stadt war riesig.

„Herrgott! Das müssen Sie doch wissen, Verehrteste."

„Ich muß gar nichts, mein Herr! Aber wir werden ihn schon finden. Ich sehe auf dem Stadtplan nach."

Sie bogen in die Ring-Straße.

Das GASTHAUS AM FLUGHAFEN glitt vorbei.

Nur noch ein Stück...

Und diese blöde Kuh hielt, zog die Handbremse an, schaltete die Innenbeleuchtung ein und griff sich den Stadtplan.

„Doch nicht hier, verdammt! Sehen Sie woanders nach! Weg! Fahren Sie!"

„Was ist?"

„Nicht hier halten! Fahren Sie weiter! Oder zurück!"

Sie hatte sich umgedreht und sah ihn an wie einen Schwachsinnigen.

Wie sollte er ihr erklären, daß hier – möglicherweise – die beide auf ihn lauerten.

Im erleuchteten Wagen fühlte er sich wie eine Zielscheibe.

Die Fahrerin zuckte die Achseln, schaltete die Lampe aus und legte den Rückwärtsgang ein.

Bis zum GASTHAUS fuhr sie zurück.

Das Taxi hielt vor einem schweren Mercedes, der am Bordstein parkte.

Zwei Männer saßen drin. Lappmann bemerkte sie nicht. Er verkroch sich in den Polstern.

Während die Frau den Stadtplan studierte, wurde er mutiger, schob sich hoch auf dem Sitz und spähte durch die Windschutzscheibe.

War seine Vorsicht übertrieben? Er sah nichts von den Arabern.

*

Yussef nahm seine Aufgabe ernst. Während er zu Abend aß, mußte sich Ibn in seinem Zimmer am Fenster postieren und die Straße beobachten – vornehmlich das übernächste Haus, Lappmanns Adresse.

Dann lösten sie sich ab.

Beider Zimmer hatten Fenster auf der richtigen Seite. Lükkenlose Beschattung war möglich! Allerdings hätte sich Yussef eine komfortablere Unterkunft gewünscht. Das GASTHAUS AM FLUGHAFEN genügte nur bescheidenen Ansprüchen.

Beim Auto-Verleih, wo man englisch sprach, hatte Yussef einen Wagen bestellt. Sie mußten beweglich sein.

Er werde innerhalb einer Stunde vor die Tür geliefert, sagte man ihm.

Ibn hatte sein Essen beendet, als der Mercedes gebracht wurde. Yussef regelte die Formalitäten. Später gingen beide hinaus, um sich mit dem Wagen vertraut zu machen.

Ibn rümpfte die Nase. Keine Klinke war aus Gold, keine Verkleidung aus Edelholz. Nicht mal Leopardenfelle bedeckten den Boden. Scheich Dschellabas Rolls Royce-Fuhrpark sah anders aus.

Während sie über die Mängel spotteten, rollte ein Taxi vorbei.

Aus schmalen Augen beobachtete Yussef, wie er vor Lappmanns Adresse hielt.

„Das ist er", murmelte er.

Ibn griff unter seinen neuen Mantel. Aber der Dolch lag noch im Koffer. Es war nicht erlaubt gewesen, das Mordinstrument während des Fluges bei sich zu tragen.

Sie beäugten das Taxi. Plötzlich setzte es zurück. Es rollte bis dicht vor sie, und der Fahrgast tauchte ab wie ein Seehund.

„Das ist er", sagte Yussef. „Duck dich. Wenn er dich sieht, ist er gewarnt." Er klappte die Sonnenblende herab.

Im Fond des Taxis richtete Lappmann sich auf. Dann fuhr der Wagen weiter.

„Er hat Instinkt", sagte Yussef. „Er wagt sich nicht nach Hause. Aber jetzt entkommt er uns nicht mehr."

Er drehte den Zündschlüssel. Sie folgten dem Taxi.

20. Tom und Mike räumen auf

Ein milder Abend senkte sich über die Costa del Sol. Dämmerung brach an. Von Osten schob sich die Nacht übers Meer. Hinter dem Leuchtturm von Cabo Sacratif begrenzten Nebel die Sicht.

In Malaga legte der Tag keine Pause ein.

Mike stand am Fenster. Er hörte den Lärm aus den Straßen. Freilich – die Salas de Fiestas, die Flamenco-Lokale, öffneten erst gegen Mitternacht.

Wenn meine Leute das Foto besorgen, dachte er, haben wir eine gute Chance. Fischer ahnt nicht, daß ich Verstärkung bekomme.

Er beschloß, im Hotel-Restaurant zu essen und dann durch das Viertel zu streifen.

Als er in die Jacke schlüfte, wurde an die Tür geklopft.

Das Zimmermädchen, dachte er, will das Bett aufklappen.

Trotzdem ließ er die Vorsicht nicht außer acht.

Nur spaltweit öffnete er die Tür.

Schon das war zu viel.

Nicht das Zimmermädchen stand draußen, sondern ein Mann. Mit der Schulter warf er sich gegen das Holz.

Mike taumelte zurück.

Der Kerl sprang über die Schwelle, kickte die Tür hinter sich zu und richtete seine Pistole auf Mike. Auf der Waffe steckte ein Schalldämpfer. Es war ernst gemeint.

Mike spürte die Bettkante in den Kniekehlen. Er hätte sich ohrfeigen können. So ließen sich Anfänger übertölpeln. War das Fischer? Jedenfalls war es nicht der Typ, den er vorhin in der Hotelhalle bemerkt hatte. Überhaupt – auf den hier traf Lockes Beschreibung nicht zu.

Er sah aus wie ein Spanier – wie einer von denen, die man meidet: ein drahtiger Typ mit lackschwarzem Haar, das am Schädel klebte. Das Gesicht war hager, die Haut mit Narben überzogen.

„Verhalte dich ruhig!" sagte er auf deutsch. „Du machst nur, was ich sage."

„Sie sind sicherlich der Etagenkellner. Aber ich habe nichts bestellt."

„Leg dich aufs Bett, mit dem Gesicht nach unten! Streck die Arme zur Seite."

Mike mußte gehorchen. Es war demütigend. Aber gegen eine Pistole gibt es keine Argumente.

Der Typ sprach fehlerfreies Deutsch, aber der spanische Tonfall war nicht zu überhören. Um Fischer handelte es sich höchstwahrscheinlich nicht. Um wen dann? War das ein ganz normaler Hoteldieb? Oder hatte Fischer nicht geblufft, als er von seinem Komplicen laberte?

Er erhielt sofort Klarheit.

„Wo ist das Geld?" fragte der Narbige.

„Was?" Mike sprach mit dem Mund auf der Bettdecke. „Welches Geld?"

„Die 500 000 D-Mark."

„Hat sich das rumgesprochen? Sie kommen zu spät. Das Geld habe ich einem Erpresser ausgehändigt."

„Das solltest du. Aber mein Freund Fischer hat das Geld nicht erhalten. Du hast ihn reingelegt. Zum letzten Mal: Wo ist es?"

„Heh! Wovon reden Sie?" Mikes Verblüffung war echt. „Ich habe das Geld, wie befohlen, ins Flughafen-Klo gebracht und..."

„... Fischer dann hinterrücks niedergeschlagen", fiel ihm der Ganove ins Wort.

„Nein!" Mike hob den Kopf etwas an. „Als ich loszog, wußte ich noch nicht, daß meine Schwester wieder frei ist. Niemals wäre ich ein Risiko eingegangen. Glauben Sie, ich fliege von Deutschland hierher, um einen albernen Trick zu versuchen?"

Der Narbige antwortete nicht.

Mike hörte, wie er das Zimmer durchsuchte.

Es gab nicht viele Verstecke.

Mike drehte den Kopf zur andere Seite und zog die Arme etwas an.

Aber der Kerl war auf der Hut. Sofort schlug er Mike auf den Hinterkopf. Nicht sehr hart, aber es schmerzte.

Mike biß die Zähne zusammen.

„Du kommst mit", sagte der Kerl. „Wir verlassen das Hotel. Du gehst vor mir her. Ich habe die Hand an der Waffe. Bei der kleinsten Dummheit schieße ich dich in den Rücken. Ist das klar?"

„Ich glaub's Ihnen."

Mike fügte sich.

Sie traten auf den Flur. Mit dem Lift fuhren sie hinunter. Niemand kreuzte ihren Weg.

Mike warf seinen Zimmerschlüssel auf die Reception. Keiner der Angestellte ließ sich blicken.

Der Narbige hatte die Pistole in die rechte Jackettasche geschoben. Die Hand lag am Kolben.

Sie gingen hinaus. Dämmerung füllte die Straße. Lauer Wind bewegte die Blätter der Palmen.

„Zu dem Wagen dort!" befahl der Narbige. „Auf den Beifahrersitz!"

Jemand saß am Lenkrad.

Mike erkannte ihn erst, als er einstieg.

Es war der Typ mit dem länglichen Gesicht, den er in der Hotelhalle bemerkt hatte.

„Sie sind sicherlich Fischer", sagte er.

„Erraten, du Schweinehund!" Er wandte sich nach hinten.

Der Narbige war hinter Mike eingestiegen und hielt die Pistole auf dem Schenkel.

„Nun, Pedro?" fragte Fischer.

„In seinem Zimmer hat er das Geld nicht. Er leugnet natürlich. Behauptet, er hätte es abgeliefert. Aber das war zu erwarten."

Fischer lachte gehässig.

„Wir fahren zu mir", bestimmte Pedro. „Wenn wir ihm brennende Zündhölzer an die nackten Fußsohlen halten – wird er schon sagen, wo das Geld versteckt ist."

*

Völlig klar, daß sie wieder Mikes Maschine nahmen.

Locke hatte sich vermummt, denn die Nacht war kalt und der Nebel glitschig. Ausnahmsweise trug sie keinen ihrer Hüte, sondern eine selbstgestrickte Mütze, und der Poncho wurde oben mit einem Zwei-Meter-Schal abgedichtet.

Tom hielt am Anfang des Zöllich-Weges.

„Den Feuerstuhl lassen wir hier", sagte er leise. „Wir stellen ihn neben die Lichtpeitsche dort. Den Rest des Weges müssen wir schleichen. Vergiß nicht, daß wir Einbrecher sind. Muß leider sein. Wir stehlen zwar nichts, ausgenommen das Foto. Aber daß wir gewaltsam eindringen – daran beißt die Maus keinen Faden ab. Das Haus ist leer. Edeltraud Kohl ist verreist, Fischer weilt in Malaga, und die dritte Wohnung steht leer seit August. Der alte Herr Gotzl sei rausgestorben – hat uns Frau Kohl erzählt."

„Gespenstisch!" meinte Locke und hielt sich dicht neben Tom.

Sie taperten durch den Nebel.

Tom führte. Als sie das Grundstück erreichten, öffnete er das Gartentor. Es quietschte. Aber im Nebel war das nicht weit zu hören.

Sie huschten zum Eingang.

„Am besten, ich klettere auf den Balkon", überlegte er. „Ich will so wenig Schaden wie möglich anrichten. Morgen muß dann sowieso der Glaser her. Heh, wer kommt denn da?"

Scheinwerferstrahlen schnitten Bahnen in den Nebel. Langsam rollte ein Wagen heran. Er hielt vor der Pforte. Es war ein Taxi.

Ein Mann stieg aus. Er schleppte einen Koffer und kam durch die Pforte. Der Wagen fuhr ab.

Tom hatte seine Freundin hinter einen novemberkahlen Strauch gezogen. Sie duckten sich und hielten den Atem an.

Verstehe ich nicht! dachte Tom. Die Kohl ist nachmittags abgereist, Fischer ist in Malaga. Was hat der hier zu suchen?

Der Mann ging zur Tür. Aber er hatte keine Eile. Auf den Stufen setzte er den Koffer ab.

Neben der Tür glühte rot der Druckknopf für die Außenbeleuchtung.

Aber der Mann verzichtete. Er blieb im Dunkeln.

Jetzt flammte ein Feuerzeug auf.

Er las die Namenschilder.

Er klingelte. Es schallte durchs Haus, und er ließ den Daumen auf der Klingel. Niemand kam.

Hatte er damit gerechnet? Wollte er sich nur vergewissern, daß niemand zu Hause war?

Metall klirrte. Er hantierte am Schloß.

Mein Schwein pfeift! dachte Locke. Ein Einbrecher. Das sind keine Hausschlüssel. Das sind Haken und Dietriche, mit denen er die Tür knackt.

Sie stieß Tom an. Er bedeutete ihr abzuwarten.

Klar, dachte sie. Wenn uns ein anderer die – wie sagt man? – Dreckarbeit abnimmt – um so besser!

Stille breitete sich über das Gartenviertel. Sie hörten die Nebeltropfen, die aus den Ästen aufs Laub fielen.

Irgendwo in der Ferne heulte eine Unfallsirene. Die Schläge einer Kirchturmuhr klangen dumpfer als sonst.

Der Einbrecher fummelte am Schloß herum – mit Erfolg.

Sie sahen, wie sich die Tür öffnete.

„Na, also!" sagte er halblaut, drehte sich um und griff nach seinem Koffer.

Das Gartentor quietschte.

Zwei Gestalten stürmten heran.

Locke erschrak. Es waren große Kerle. Der erste schien eine weiße Mütze zu tragen. Unter seinem Mantel hing ein heller Kittel hervor.

Der Einbrecher erstarrte. „Neiiin…", gurgelte er.

Schon waren die beiden heran. Der eine stieß kehlige Worte aus in einer fremden Sprache.

Der andere, ein Berg von einem Kerl, schmetterte dem Einbrecher die Faust an den Schädel.

Er stürzte auf die Stufen. Sofort begann der Schläger, ihn mit den Füßen zu bearbeiten.

Um Himmels willen! dachte Tom. Der bringt ihn um.

Er hatte die Hand auf einen Pfahl gestützt, der einen Zierstrauch stützen sollte. Eine willkommene Waffe. Mit einem Ruck riß er den Pfahl aus dem Boden.

Locke sah, wie Tom zu der Gruppe sprang. Der Herkules trampelte auf dem Bewußtlosen herum. Tom holte aus. Mit einem gewaltigen Hieb riß er den Schläger von den Beinen. Dabei entglitt ihm der Pfahl.

Der zweite war nur für eine Sekunde überrumpelt. Dann griff er Tom an, ahnte natürlich nicht, worauf er sich einließ.

Tom donnerte ihm einen Mae-Geri-Ke-Age *(hoher Vorwärtstritt)* ans Brustbein, was den Typ fast halbierte.

Er landete rücklings auf dem Rasen, wo er nach Luft schnappend liegen blieb.

Tom drückte auf den Lichtknopf. Die Laterne über der Tür erhellte die Szene.

Bibbernd kam Locke hinter dem Strauch hervor. Tom nahm den Pfahl wieder auf. Falls die drei gleichzeitig zu sich kamen, hätte er's mit einer Übermacht zu tun gehabt.

„Tom, die beiden letzten sehen aus wie Araber!"

„Du, das *sind* Araber! Der", er wies auf den Karate-Geschädigten, der europäisch gekleidet war, „ist sicherlich von edlem Geblüt, hahah. Jedenfalls zivilisiert. Sein Kumpel sieht aus, als wenn er nach Feierabend Kamelmist sammelt."

„Aber was hat das zu bedeuten? Die beiden konnten nicht wissen, daß der andere einbrechen will. Das war nur aus nächster Nähe zu beobachten. Aber sie haben sich aufgeführt, als sollte er sein Lebenslicht aushauchen."

Tom nickte. Leise sagte er: „Die Tür ist offen. Geh ins Haus und such nach dem Foto. Dann rufst du die Polizei an. Irgendwo ist sicherlich ein Telefon. Ich bewache die drei."

„Gebongt." Sie wies auf den Einbrecher. „Aber erst will ich wissen, wer das ist."

Der Mann war noch bewußtlos.

Tom tastete seine Brusttaschen ab.

Ist gut ausgestattet. Da ist eine Brieftasche. Da ist noch eine. Nanu! In jeder ein Reisepaß? Sehen wir mal nach.

Er schlug den ersten auf.

Beinahe hätte er seine Keule verloren.

„Locke!" rief er. „Das... das... ist Fischer. Gottfried Fischer."

Sie sah den Bewußtlosen an und beugte sich über ihn.

„Nein. Ist er nicht. Jedenfalls ist es nicht der Mann, den ich kenne."

Tom schob den Reisepaß in seine Tasche. „Nach einem Foto brauchst du nicht mehr zu suchen. Das haben wir. Falls wir's überhaupt brauchen. Im Moment fehlt mir völlig der Durchblick. Sehen wir mal, was das ist!"

Er öffnete den zweiten Paß.

„Du glaubst es nicht. Dasselbe Foto. Nein, nicht ganz. Und hier heißt er Ferdinand Lappmann. Aha, verstehe! Da reist ein- und derselbe unter zwei Namen."

Er reichte Locke die Pässe.

Sie trat näher an die Laterne und verglich die Fotos.

„Tom, die Fotos ähneln sich wahnsinnig. Aber es ist nicht derselbe Mann. Lappmann ist nicht Fischer. Aber der hier ist Lappmann. Du, der hat Fischer die Brieftasche geklaut. Da ist ja noch mehr drin, auch diese Adresse hier. Deshalb der Einbruch. Jetzt – flach! – geht ein Feuerwerk auf."

Der Kamelmist-Sammler schlief noch. Später stellte sich heraus, daß ein Genickwirbel seine Lage verändert hatte.

Lappmanns Gesicht schwoll an. Er blutete aus mehreren Platzwunden.

Der zweite Araber versuchte, sich aufzurichten, sank aber wieder zurück. Ein angebrochenes Brustbein setzte ihn völlig außer Gefecht.

„Das hier übersteigt unsere Möglichkeiten", sagte Tom. „Die Polizei muß her. Oder weißt du, weshalb die beiden über Lappmann herfielen? Sei ein Schatz, Locke-Liebling, und ruf den Kommissar an, den Gunter so gut kennt. Ich schnüffele inzwischen in Lappmanns Gepäck. Vielleicht hat er im Koffer ein edles Reitkamel versteckt, eine Haremsfrau oder den Sparstrumpf des Kalifen *(Oberhaupt des Islam).*"

Locke lief ins Haus. Sie machte Licht. In der Diele stand ein Telefon. Sie rief die Funkstreife an und erklärte, was nötig war – nämlich, daß sie und ihr Freund zufällig vorbeigekommen wären, als hier der Terror ausbrach. Sie bat darum, Kommissar Weber zu verständigen.

Kaum daß sie aufgelegt hatte, johlte Tom wie ein Hirsch. Es klang wie der Beginn einer Krankheit.

Locke hüpfte zum Eingang.

Was die drei Männer betraf, hatte sich das Bild nicht verändert.

Lappmanns Koffer war geöffnet. Er enthielt schnicke Klamotten und anderes Allerlei.

Toms Gesicht war so bleich, als hätte er die Geister seiner seligen Ahnen gesehen.

Mit ausgestrecktem Arm hielt er Locke eine schwarzlederne Flugtasche hin.

„Kennst... kennst du... die?"

„Nein. Du?"

„Richtig", stammelte er. „Du warst ja nicht dabei, als wir das... das Lösegeld einpackten. Wir haben extra eine Tasche besorgt."

Locke schluckte. „Aber... doch nicht die."

„Da... ist was drin. Ich... hatte sie in der Hand, bevor Mike sie in den Koffer legte. Sie fühlte sich... genauso an."

„Sieh doch nach!!!"

Er gab ihr die Tasche. „Mach du's. Ich kann mir nicht leisten, in Ohnmacht zu fallen. Hier liegen schon drei."

Locke öffnete den Reißverschluß.

Ihr Herzschlag stockte.

Tom trat neben sie und sah in die Tasche.

Sie blieben stumm.

Tom stellte seine Keule an die Hauswand und legte den Arm um Locke.

„Das Geld ist zurückgekommen", sagte er schließlich. „Es ist unser Geld. Ich erkenne es an den markierten Scheinen. Du weißt ja, wir haben etliche mit Zahlen versehen. Meine weiß ich auswendig. Außerdem erkenne ich meine Schrift. Und Helgas Schrift. Und Gunters Schrift. Himmel, wie kommt Lappmann an das Geld? Wie das zusammenhängt – das wollen wir wissen."

Irgendwo ertönte das Heulen einer Polizeisirene. Der Wagen näherte sich.

Sie sahen die Scheinwerfer und dann das rotierende Blaulicht.

*

Bei völliger Dunkelheit erreichten sie Marbella.

Pedro wies Fischer den Weg.

An Mike hatten sie kein Wort gerichtet während der einstündigen Fahrt. In dem Schweigen lag Drohung.

Der Wagen fuhr durch enge Straßen heran, kurvte auf einen Hinterhof und hielt.

Mike ließ die Schultern hängen. Er schnüffelte, als würde er gleich in Tränen ausbrechen. Schwerfällig stieg er aus.

„Jetzt hast du die Hosen voll, was?" meinte Fischer gehässig.

„Bitte, foltern Sie mich nicht!" bat Mike. „Ich sage die Wahrheit."

Pedro stieß ihn vor sich her. Er hatte die Pistole in die Tasche geschoben. Hier, auf seinem Grundstück, konnte ihm nichts passieren.

Er trat an Mike vorbei und zog einen Schlüssel hervor, um die Hintertür zu öffnen.

Mike wandte sich nach links – in Fischers Richtung.

Als Libero beim FC Eintracht war Mike für seine Strafstöße bekannt. Beide Füße waren gleich stark.

Fischer wurde mit rechts bedient.

Er fiel um wie vom Blitz getroffen. Später wurden Schäden an ihm festgestellt.

Pedro Higuera spürte noch, daß hinter ihm was vorging. Dann traf ihn der Strafstoß-Tritt in den mittleren Rücken.

„Ist nicht fair", murmelte Mike, als er sich über ihn beugte und ihm die Pistole abnahm, „aber die Notwehr kennt keine Regeln."

Fischer wimmerte. Bewegen konnte er sich nicht. Der Spanier war bewußtlos.

Mike schloß die Tür auf und horchte ins Haus. Niemand war da. Er machte Licht, schleifte die beiden herein und entdeckte das Telefon.

Im Telefonbuch fand er die Nummer der Policia.

Nach längerem Radebrechen wurde er mit einem Polizeioffizier verbunden, der englisch sprach.

Mike erklärte ihm, was Sache war. Da er nicht wußte, wo er sich befand, sah er in die Brieftasche des Spaniers.

„Pedro Higuera?" vergewisserte sich der Ordnungshüter. „Ich weiß, wo das ist. Wir kommen."

Mike wählte eine lange Nummer.

„Rehm", meldete sich in weiter Ferne sein Vater.

„Ich bin's", Mike lachte hohl. „Was hier gelaufen ist – du glaubst es nicht."

Er berichtete. „In Gefahr bin ich nicht mehr", sagte er abschließend. „Die beiden Ganoven habe ich voll erwischt. Die kommen erstmal ins Krankenhaus, bevor sie ihre Haftstrafen antreten. Aber das Geld, Gunter, ist endgültig verloren. Fischer wurde hinterrücks niedergeschlagen. Vermutlich von einem Straßenräuber. Den finden wir nie."

„Der Straßenräuber heißt Ferdinand Lappmann", lachte Gunter. „Ein deutscher Ganove. Er ist Locke und Tom in die Hände geraten. Inzwischen hat er ein völliges Geständnis abgelegt. Noch was anderes spielt hinein: eine Gaunergeschichte, bei der Ölscheichs reingelegt wurden. Aber das erfährst du in allen Einzelheiten, wenn du hier bist."

„Und das Geld?" rief Mike.

„Ist hier. Keine Mark fehlt. Es war noch in deiner schwarzen Flugtasche."

„Ich glaube, mein Hamster bohnert", stotterte Mike. „Mir will man hier ans Leben, und bei euch kommt die Kohle an. Es scheint wirklich so: Geld geht seltsame Wege."

„Vor allem: krumme Pfade. Aber am meisten beruhigt mich, daß keiner entkommen ist. Willek sitzt hinter Gittern, Lappmann sitzt hinter Gittern. Zwei selbstherrliche Araber sind inhaftiert. Du hast Fischer unschädlich gemacht – und diesen Spanier."

„Mir schwirrt der Kopf. Mit der nächsten Maschine komme ich nach Hause."

„Helga, Locke, Tom und Nicki lassen dich grüßen. Wenn du hier bist, feiern wir ein Fest."

„Aber ein großes!" lachte Mike. „Ich muß Schluß machen. Die Polizei fährt auf den Hof. Hasta manana? Buenas noches! Adios! *(Bis morgen! Gute Nacht! Auf Wiedersehen)*"

–ENDE–

Liebe Locke-und-Tom-Freunde!

Ganz schön aufregend, was die beiden erleben, nicht wahr?! Wenn es darum geht, anderen zu helfen, greifen Locke und Tom ein – koste es, was es wolle. Denn Locke ist schon ein tolles Mädchen, und Tom ein prima Kumpel, mit dem man Pferde stehlen kann. Es vergeht kaum ein Tag, an dem bei Tom nicht das Telefon klingelt: ,,Hallo Tom, hier Locke . . .!" Und was bei diesen Telefonaten ausgeheckt wird, erfahrt Ihr in den spannenden ,,Locke-und-Tom-Büchern", von denen es noch mehr gibt. Stefan Wolf hat sie geschrieben, den Ihr sicher schon als Autor der TKKG-Bücher kennt, auch einer erregenden PELIKAN-Serie. Gewiß interessieren Euch die anderen ,,Locke-und-Tom-Bücher" ebenso – mit den vielen lustigen Zeichnungen Eurer Lieblinge! Hier sind sie:

Hundejäger töten leise

In der Stadt verschwinden Hunde und Katzen. Täglich werden es mehr. Ganz offensichtlich sind gemeine Tierjäger unterwegs. Das vermutet die Polizei, und auch der Tierschutzverein hat einen Verdacht. Aber noch niemand weiß, was hinter diesen rätselhaften Diebstählen steckt. Werden die armen Tiere zu grausamen Versuchen benutzt, an deren Ende ihr ,,leiser" Tod steht? Locke und Tom, beide leidenschaftliche Tierfreunde, finden die richtige Spur. Sie führt nicht nur zu einem Tierhändler, dessen Geschäfte schon immer anrüchig waren. In den skrupellosen Handel sind noch ganz andere Leute verwickelt, hinter denen niemand solche Gemeinheiten vermutet. Aber weil Locke und Tom den gequälten Tieren helfen wollen, geben sie nicht auf.

Terror durch den heißen Draht

Eine unbekannte Mafia terrorisiert die Stadt. Angesehene Bürger, die jeder kennt, aber auch irgendwelche Nachbarn von nebenan werden nachts angerufen, bedroht oder zu erfundenen Terminen bestellt, wo Gangster sie hinterrücks überfallen. Was wollen die Verbrecher mit ihren ,,Todesfallen" erreichen? Warum jagen sie einer ganzen Stadt Angst ein? Terrorisieren harmlose Menschen durch den heißen Draht? Die Polizei blickt nicht durch. Locke und Tom wollen helfen, denn auch viele ihrer Freunde sind bedroht. Wieder einmal setzen sie sich den gefährlichsten Abenteuern aus, um rücksichtslosen Gaunern das Handwerk zu legen.

Giftalarm am Rosenweg

Beim Spielen am Rosenweg entdecken Kinder buntbemalte Fässer. Weil die Schrift schon unleserlich geworden ist, ahnen sie nicht, daß sie Gift vor sich haben. Die Folge: schleichende Verletzungen und rätselhafte Erkrankungen. Aber die Kinder schweigen, weil sie Angst vor Strafe haben. Ein Rätselraten beginnt – bis die Polizei endlich die Fässer findet und Giftalarm gibt. Noch aber weiß man nicht, wer der verantwortungslose Täter war. Wer hat die Fässer mit dem hochgiftigen Gift leichtfertig vergraben und damit Tausende Menschen in Lebensgefahr gebracht? Locke und Tom finden eine überraschende Lösung . . .

Die Fußball-Oma darf nicht sterben

Alle lieben Oma Meyer, weil sie immer fröhlich ist und den Jungs von der Fußballmannschaft hilft. Sie füllt die Vereinskasse auf, feuert begeistert die Spieler an, wäscht die verschwitzten Trikots. Deshalb heißt sie auch Fußball-Oma. Aber in letzter Zeit machen sich nicht nur Locke und Tom Sorgen um Oma Meyer. Irgendetwas bedrückt sie, doch sie will nicht so recht heraus mit der Sprache. Ist es die unglückliche Ehe ihrer Tochter? Hat sie Ärger mit den Burschen von der Konkurrenz-Fußballmannschaft? Oder machen sogenannte „Freunde" ihr Kummer? Als es schließlich zu regelrechten Mordanschlägen auf die liebe alte Dame kommt und eine seltsame „alte Bekannte" erscheint, da nehmen Locke und Tom die Sache in die Hand.

Flammen um Mitternacht

Ein nächtlicher Brand in Lockes und Toms Heimatstadt erregt mehr Aufsehen, als das ganze Feuer überhaupt wert ist. Zwar brennt ein Wohnhaus nieder, und das ist schon schlimm genug, aber was Feuerwehr und Polizei dabei feststellen, ist noch viel erschreckender: Aus den Flammen werden 50 Menschen gerettet, wo doch im ganzen Haus höchstens zehn Leute Platz gehabt hätten. Dazu tauchen bei dieser Gelegenheit plötzlich Ausländer auf, die unter jener Adresse gar nicht registriert waren. Was ist hier vorgefallen? Menschenhandel? Illegale Arbeitskräfte? Locke und Tom sind davon überzeugt, daß etwas oberfaul ist. Wie immer, lassen die beiden Unentwegten nicht locker . . .

Überfall nach Ladenschluß

Die Mafia geht um. In der Stadt werden italienische Gastwirte von sizilianischen Landsleuten erpreßt. Sie fordern Geld. Schutzgeld, nennen sie das. Der Boß heißt Cordone, aber er hat einen Rivalen, von dem er nichts weiß: Vittorio mit der roten Maske. Er überfällt und plündert auf eigene Rechnung. Wenn die Mafia nicht schnell genug ist, schnappt er sich das „Schutzgeld" selbst. Und dann terrorisiert noch ein Maskierter seine Mitbürger. Er treibt im Schatten der Mafia sein Unwesen: Wilhelm Hartmann. Als er eine Frau überfällt, verliert er seine Maske und wird von Locke erkannt. Seitdem lebt sie gefährlich, denn sie muß damit rechnen, daß der Verbrecher sie als Zeugin beseitigen will. Da begegnet sie Hartmann ganz allein, an einer einsamen Stelle . . .

Der Mann mit den tausend Gesichtern

Lockes Vater, der Redakteur Gunter Rehm, ist in Gefahr: Der Sittlichkeitsverbrecher Oswald Pollner, den Gunter vor zwölf Jahren überwältigt und der Polizei ausgeliefert hatte, soll bald aus dem Gefängnis entlassen werden. Jetzt will er Rache nehmen an Gunter und seiner Familie. Pollner war Maskenbildner beim Theater, und deshalb trat er bei seinen Verbrechen in immer neuen Verkleidungen auf. Pollner ist auch nach einem dutzend Jahren hinter Gittern der abgebrühte Gangster-Profi mit den tausend Gesichtern geblieben. Wie werden Gunter, seine Tochter Locke und ihr Freund Tom sich gegen den Verbrecher wehren?

Aufruhr in der Unterwelt

Als eine Bande jugendlicher Fahrraddiebe sich darauf verlegt, in Wohnungen einzubrechen, erbeuten sie in einem luxuriösen Appartementhaus einen Koffer mit Geld. Daß es Falschgeld ist, können sie nicht ahnen. Der Wohnungsinhaber, ein berüchtigter Geldhehler, will es „reinwaschen", das heißt, umtauschen in echtes Geld. Das soll der etwas tölpelhafte Fahrer eines Geldtransports besorgen, zuhause in seinem Häuschen. Aber der Falschgeld-Diebstahl durch die Einbrecherbande und ein Überfall zweier Knastbrüder auf den Transportfahrer und seine Frau vereiteln die „Geldwäsche". Nun geht alles drunter und drüber, einer jagt den anderen, und zum Schluß gerät die ganze Unterwelt der Stadt in Aufruhr. Doch das schreckt Locke und Tom nicht im geringsten. Sie mischen fröhlich mit, bis sie über die Fahrraddiebe bis zum Geldhehler den ganzen zweifelhaften Verbrecherclan ausgeräumt haben.

Die Nacht am schwarzen Grab

Der reiche Fabrikant Köhler und seine Frau kommen bei einem Flugzeugabsturz ums Leben. Sein riesiges Vermögen vermacht er seinem verschollenen Sohn Markus, falls der jemals wieder auftauchen sollte. Markus war vor 13 Jahren als Baby entführt worden, die Tat nie geklärt. Was niemand weiß: Markus lebt tatsächlich noch, heißt jetzt aber Toni Woretzki, und er hält Paula Woretzki für seine Mutter. Von seiner wahren Herkunft hat er keine Ahnung. Paula war vor dreizehn Jahren die Braut des Kidnappers Alfons Schäwig gewesen, und sie hatte das entführte Baby behalten, weil sie ihr leibliches Kind verlor. Liebevoll zog sie den Jungen groß. Als nun in allen Zeitungen vom Erbe des Fabrikanten Köhler berichtet wird, erscheint plötzlich der Ganove Schäwig wieder, um zu kassieren. Ein gemeines Spiel beginnt, das beinahe ein böses Ende nimmt – wenn Locke und Tom sich nicht der Sache annehmen würden. Sie kennen Markus, und außerdem hat Locke über ihren Vater, den Lokalredakteur Gunter Rehm, Wind von der miesen Geschichte bekommen.

Der Feind aus dem Dunkeln

Erwin Kotter, der im Gefängnis eine Strafe absitzt, bekommt Hafturlaub. Als „Freigänger", wie man dies nennt, nutzt Kotter die Chance, sich an Richter Schwörle und seiner Familie zu rächen, der ihn verurteilt hat. Die 15-jährige Sabine Schwörle, Tochter des Richters, ist mit Locke befreundet. Klar, daß sie und Tom sich sofort einschalten. Mysteriös wird der Fall, als Kotter wieder in seiner Gefängniszelle sitzt und die Anschläge trotzdem weitergehen. Er hat das sicherste Alibi der Welt, und man kann ihm nichts anhaben. Wer sind die Täter?

Die Bande des Schreckens

Eine gefährliche Bande Jugendlicher versetzt die Stadt in Angst und Schrecken. Sie hausen wie die Vandalen, wüten in Parkanlagen, demolieren Telefonzellen, legen Brände in der U-Bahn und verbeulen parkende Autos. Wer sich ihnen in den Weg stellt, wird zusammengeschlagen. Die Polizei erscheint machtlos. Als auch der Ganove Reichard zu der Bande stößt, wird es Locke und Tom zuviel. Denn mit Reichard haben sie persönlich abzurechnen. Er war betrunken mit seinem Auto in eine Gruppe von Kindern gerast und hatte drei Geschwister so schwer verletzt, daß sie sich heute als Behinderte durchs Leben schlagen müssen. Locke und Tom heften sich an Reichards Fersen- und werden Zeuge, wie er vor einen U-Bahnzug gestoßen wird: Mordversuch! Was die beiden nun ermitteln, stürzt sie in einen Gewissenskonflikt.

Die packende Abenteuer-Serie für Jungen und Mädchen ab 10 Jahre.

TKKG - das sind die Anfangsbuchstaben der vier Titelhelden, die zusammen durch dick und dünn gehen.

Diese Bücher sind erhältlich:

- Die Jagd nach den Millionendieben
- Der blinde Hellseher
- Das leere Grab im Moor
- Das Paket mit dem Totenkopf
- Das Phantom auf dem Feuerstuhl
- Angst in der 9a
- Rätsel um die alte Villa
- Auf der Spur der Vogeljäger
- Abenteuer im Ferienlager
- Alarm im Zirkus Sarani
- Die Falschmünzer vom Mäuseweg
- Nachts, wenn der Feuerteufel kommt
- Die Bettelmönche aus Atlantis
- Der Schlangenmensch
- Ufos in Bad Finkenstein
- X7 antwortet nicht
- Die Doppelgängerin
- Hexenjagd in Lerchenbach
- Der Schatz in der Drachenhöhle
- Das Geheimnis der chinesischen Vase
- Die Rache des Bombenlegers
- In den Klauen des Tigers
- Kampf der Spione
- Gefährliche Diamanten
- Die Stunde der schwarzen Maske
- Das Geiseldrama
- Banditen im Palasthotel

Der Steckbrief:
190 Seiten, Format 13 × 19,5 cm
Fester Umschlag, viele Illustrationen, ab 10 Jahre.